노인과 바다

클래식 보물창고 4

노인과 바다

펴낸날 초판 1쇄 2012년 8월 20일
지은이 어니스트 헤밍웨이 | **옮긴이** 민예령
펴낸이 신형건 | **펴낸곳** (주)푸른책들 | **등록** 제321-2008-00155호
주소 서울특별시 서초구 양재천로7길 16 푸르니빌딩(양재동 115-6) (우)137-891
전화 02-581-0334~5 | **팩스** 02-582-0648
이메일 prooni@prooni.com | **홈페이지** www.prooni.com

ISBN 978-89-6170-295-9

* 잘못된 책은 구입한 곳에서 바꾸어 드립니다.

이 도서의 국립중앙도서관 출판시도서목록(CIP)은 e-CIP홈페이지(http://www.nl.go.kr/ecip)와
국가자료공동목록시스템(http://www.nl.go.kr/kolisnet)에서 이용하실 수 있습니다.
(CIP제어번호:CIP2012003093)

보물창고는 (주)푸른책들의 유아, 어린이, 청소년, 문학 도서 임프린트입니다.

(주)푸른책들은 도서 판매 수익금의 일부를 초록우산 어린이재단에
기부하여 어린이들을 위한 사랑 나눔에 동참합니다.

The Old Man and the Sea

노인과 바다

어니스트 헤밍웨이 지음 | 민예령 옮김

보물창고

차례

찰리 스크리브너와 맥스 퍼킨스에게

그는 멕시코 만류*에서 작은 배로 홀로 고기잡이를 하는 노인이었다. 84일이 지났지만 물고기는 한 마리도 잡지 못했다. 처음 40일은 소년과 함께 배를 탔다. 하지만 40일이 지나도록 고기를 잡지 못하자 소년의 부모는 노인을 '살라오'라고 불렀다. '살라오'는 '지독히도 운이 없는 사람'이라는 뜻이었다. 소년의 부모는 소년을 다른 배에 타게 했고, 그 배는 바다로 나간 첫 주에 커다란 물고기를 세 마리나 잡았다.

매일같이 빈 배를 끌고 돌아오는 노인을 볼 때마다 소년은 마음이 아팠다. 소년은 늘 물가로 내려가 여러 겹으로 꼬아 만든 낚싯줄, 갈고리, 작살, 돛대에 말아 놓은 돛 등을 옮기며 노

*멕시코 만에서 시작되어 대서양을 지나 유럽의 서북 해안을 따라 북극해에 이르는 세계 최대의 난류. ―옮긴이 주. 이하 *표시 옮긴이 주

인을 도왔다. 돛은 밀가루 부대로 기워 만든 것이었다. 말려 있는 모습이 마치 영원한 패배를 의미하는 깃발 같았다.

노인은 깡마르고 여위었으며 목덜미에는 깊은 주름이 패여 있었다. 노인의 두 볼 위에는 열대 지방의 바다가 반사하는 햇빛에 피부 종양인 갈색 반점들이 여기저기 퍼져 있었고, 양손에는 낚싯줄에 걸린 무겁고 드센 물고기들과 사투하다 생긴 깊은 흉터들이 군데군데 남아 있었다. 새로 생긴 흉터는 하나도 없었다. 물고기가 살지 않는 사막에 남은 침식 지형처럼 모두 오래된 것들뿐이었다.

노인의 모든 것은 늙고 낡아 있었다. 바다의 색깔을 고스란히 간직한 채 생기에 넘칠 뿐만 아니라 불굴의 의지마저 빛나는 두 눈을 빼고는 말이다.

"산티아고 할아버지."

소년이 배를 끌어다 놓은 해안의 기슭을 함께 오르며 할아버지를 불렀다.

"저 돈을 조금 모았어요. 다시 할아버지와 고기잡이를 나갈 수 있어요."

노인은 소년에게 처음으로 고기 잡는 법을 가르쳐 준 사람이었다. 소년은 노인을 좋아했다.

"됐다. 운 좋은 배를 타고 있지 않느냐. 계속 그 배를 타야지."

"할아버지, 할아버지는 87일간 고기를 한 마리도 잡지 못하셨지만, 우리는 3주 동안 매일 큰 고기를 잡았던 것 기억나시죠?"

"기억난다. 네가 날 믿지 못해서 떠난 게 아니라는 걸 안다."

"아버지 때문이에요. 전 아직 어려서 아버지 말씀을 들어야 해요."

"안다. 당연히 그래야지."

"아버지는 믿음이 부족하세요."

"그런 것 같구나. 하지만 우리는 아니지 않느냐."

노인이 말했다.

"그럼요. 테라스에서 맥주 드실래요? 제가 사 드릴게요. 이건 이따가 가지고 가고요."

"좋고말고. 어부끼리 단합 대회 한번 하자꾸나."

두 사람이 마을 식당 테라스에 자리를 잡고 앉자 다른 어부들이 노인을 발견하고 조롱 섞인 말들을 하기 시작했다. 노인은 화내지 않았다. 나이가 지긋한 어부들 몇몇은 노인을 동정했다. 그런 어부들은 노인에게 점잖은 태도로 해류나 낚싯줄을 내리는 깊이, 화창한 날씨, 바다에서 본 이런저런 일들에 대해 말을 건네주기도 했다. 오늘 고기잡이가 성공적이었던 어부들은 벌써 돌아와서 청새치의 배를 갈라 널빤지 두 장 위에 가로로 길게 올려놓은 다음 두 사람씩 짝을 이뤄 널빤지 양쪽을 짊어지고 창고로 옮겨 갔다. 아바나*의 어시장으로 고기를 싣고 가는 냉동 화물차가 그곳에 서기 때문이었다. 상어를 잡은 어부들은 해안가 건너편에 위치한 상어 가공 공장으로 상어를 가져갔다. 그곳에서는 상어를 도르래 장치로 끌어올린 다음 간을 빼고 지느러미를 잘라 낸 후, 껍질을 벗기고 살을 가늘게 저며 소금에 절였다.

바람이 동쪽에서 불 때면 상어 공장에서 나는 냄새가 항구 너머로 불어왔다. 오늘은 바람이 북쪽으로 부는 데다 세기도 약해 그 냄새가 옅었다. 그 덕에 오늘 테라스는 쾌적했다. 맑은 날이었다.

"할아버지."

소년이 말했다.

"오냐."

노인은 맥주잔을 든 채 지난 세월에 대한 회상에 잠겨 있던 차였다.

"내일 쓰실 정어리 가져다 드릴까요?"

"괜찮다. 가서 친구들과 야구나 하거라. 나는 아직 노를 저을 수 있다. 그물은 로헬리오가 던져 줄 게다."

"가져다 드릴게요. 물고기도 함께 못 잡는데, 뭐라도 도와

---

*쿠바의 수도.

11

드리고 싶어요."

"대신 맥주를 사 주었잖니? 이제 어른이 다 됐구나."

노인이 말했다.

"할아버지 배를 처음 탔을 때 제가 몇 살이었죠?"

"다섯 살이었지. 잡아 올린 물고기가 배가 다 부서질 정도로 드세게 펄떡거려서 네가 죽을 뻔하지 않았니."

"기억나요. 그 녀석이 꼬리로 배 여기저기를 때려댔었죠. 가로장*이 부서진 거랑, 몽둥이로 그 녀석을 때리던 소리도 기억나요. 할아버지는 저를 젖은 낚싯줄 뭉치가 있는 뱃머리 쪽으로 밀어 놓고 그 녀석을 때리셨죠. 꼭 나무에 도끼질하는 소리 같았어요. 물고기 피 냄새가 배 전체에 진동했고요."

"정말 기억하는 게냐, 아니면 내가 이야기를 계속해서 알고 있는 게냐?"

"할아버지랑 있었던 일은 처음부터 다 기억한다니까요?"

노인은 태양에 검게 탄 살갗 아래 두 눈으로 소년을 바라보았다. 노인은 소년을 많이 아꼈다.

"네가 내 아들이라면 데리고 나가 모험을 해 보고 싶지만, 너는 네 아버지와 어머니의 아들이고, 행운이 넘치는 좋은 배를 타고 있으니 안타깝구나."

"정어리를 구해 올게요. 미끼 네 마리쯤은 구할 수 있는 곳

---

* 배를 가로질러 놓은 널빤지.

을 알아요."

"오늘 썼던 미끼가 아직 남아 있어. 소금에 절여 상자에 넣어 두었단다."

"싱싱한 걸로 가져다 드릴게요. 네 마리!"

"그럼 하나면 된다."

노인이 말했다. 아직 자신감도 있었고, 희망도 잃지 않았다. 게다가 그런 자신감과 희망은 순풍이 불어올 때처럼 더욱 커져만 갔다.

"그럼 두 마리요."

소년이 말했다.

"그래, 그럼 두 마리."

노인이 양보했다.

"그런데 설마 훔친다는 건 아니겠지?"

"훔칠 수도 있었죠. 그렇지만 물론 사 왔어요, 할아버지."

소년이 대답했다.

"고맙다."

노인이 대답했다. 노인은 단순한 사람이어서 자신이 언제부터 이렇게 겸손해졌는지는 생각하지 않기로 했다. 어쨌든 노인은 겸손해졌다. 노인은 그 사실을 부끄럽게 생각하지 않았다. 겸손함과 자존심은 아무런 상관이 없다는 것을 알고 있었기 때문이다.

"해류를 보니 내일 날씨가 아주 좋겠구나."

노인이 말했다.

"어디로 나가실 거예요?"

소년이 물었다.

"멀리. 바람의 방향이 바뀔 때 함께 들어올 거다. 내일 동이 트기 전에 나갈 거야."

"저도 주인아저씨한테 멀리 가자고 해 볼게요. 그러면 할아버지가 큰 녀석을 잡으실 때 저희 배가 도와드릴 수 있잖아요."

"지금 네 주인은 먼 바다로 나가는 걸 즐기지 않는 어부지."

"그건 그래요. 하지만 새가 사냥하는 것이 보인다고 하거나 해서 만새기*를 잡을 수도 있다고 말하면 멀리 나가실지 몰라요."

"그 사람 눈이 나쁘냐?"

"거의 장님이에요."

"그거 이상하구나. 그 사람은 거북이를 잡으러 나간 적도 없는데 말이다. 바다거북잡이가 눈을 망치는 일이지 않느냐."

"정말요? 하지만 할아버지야말로 모스키토 해안에서 몇 년 동안 거북잡이를 하지 않으셨어요? 할아버지는 눈이 좋으시잖아요."

---

*농어목 만새기과의 바닷물고기.

"내가 좀 이상한 늙은이지 않니."

"그럼 엄청 큰 물고기가 걸려도 잡으실 수 있죠?"

"그럴 게다. 게다가 난 요령도 많이 알고 있지."

"이것들을 집으로 가져가요. 그래야 그물을 가지고 정어리를 잡으러 갈 수 있어요."

두 사람은 배에서 뱃기구를 집어 들었다. 노인이 어깨에 돛대를 짊어졌고 소년이 단단히 꼰 갈색 낚싯줄 뭉치가 든 나무 상자, 갈고리 그리고 작살과 작살 자루를 들었다. 미끼를 넣어 둔 상자는 잡은 물고기를 제압하는 데 쓰는 몽둥이와 함께 뱃고물 밑창에 두었다. 아무도 노인의 물건을 훔치지는 않겠지만 돛과 낚싯줄은 밤이슬에 못쓰게 될 수도 있어 집으로 가져가야만 했다. 마을 사람들이 물건을 슬쩍 가져갈 리는 만무했지만 배에 갈고리와 작살 등을 남겨 두는 것은 그래도 미덥지 않았다.

두 사람은 길을 함께 걸어 올라갔다. 노인이 살고 있는 판잣집에 도착해 안으로 들어갔다. 문은 언제나 열어 두었다. 노인은 돛천이 감긴 돛대를 벽에 기대 세워 놓았다. 소년이 그 옆에 상자를 비롯한 다른 뱃기구들을 내려놓았다. 방 길이가 돛대의 길이만 했다. 판잣집은 대왕야자수*의 질긴 싹눈 껍질인 구아노로 지은 집이었다. 침대 하나, 탁자 하나에 의자도

---

* 미국 남부 지방과 쿠바에서 주로 자라는 키가 큰 야자나무.

하나였다. 흙바닥에 숯으로 음식을 조리할 수 있는 곳이 하나 있었고, 억센 구아노 잎을 여러 겹으로 붙여 만든 갈색 벽 위에는 예수 성심* 채색화와 코브레 성당**의 성모 마리아 채색화가 걸려 있었다. 죽은 아내의 유품들이었다. 한때는 아내의 사진도 벽에 걸어 두었다. 하지만 사진을 볼 때마다 슬퍼졌기 때문에 이제는 그저 방 한쪽 선반 위 깨끗한 셔츠 아래 놓아두었다.

"식사는요?"

소년이 물었다.

"냄비 안에 밥과 생선이 들어 있단다. 함께 먹으련?"

"전 집에 가서 먹을게요. 그럼 불을 좀 피워 드리고 갈까요?"

"괜찮다. 이따가 내가 피우마. 데우지 않고 그냥 먹어도 되고."

"투망 가져가도 돼요, 할아버지?"

"물론이지."

사실 투망은 이제 없었다. 소년은 투망을 팔았을 때도 기억하고 있었다. 하지만 두 사람은 이런 대화를 매일 주고받았다.

---

*골고다 언덕에서 창에 찔린 예수 그리스도의 심장. 인류에 대한 사랑의 상징이다.
**쿠바 동남부 산티아고데쿠바에 있는 성당.

쌀밥도, 생선도, 역시 존재하지 않는다는 것을 두 사람 모두 알고 있었다.

"85, 행운의 숫자란다."

노인이 말을 시작했다.

"내가 500킬로그램도 더 나가는 녀석을 잡아 오면 어떠냐?"

"저는 투망을 가지고 정어리를 잡으러 갈게요. 현관 앞에 나가 햇볕을 쬐고 계실래요?"

"좋지. 어제 신문에 나온 야구 기사라도 읽어야겠다."

'어제 신문'이 꾸며 낸 이야기인지 아닌지 소년이 잠시 헷갈려하고 있을 때 노인은 정말로 침대 밑에서 신문을 꺼냈다.

"보데가*에서 페리코가 주었지."

노인이 설명했다.

"정어리를 잡으면 돌아올게요. 얼음에 보관해 두었다가 아침에 할아버지 것과 제 것을 나눠요. 돌아오면 야구 얘기 해주세요."

"당연히 양키스**가 이겼을 게다."

---

*식품점이나 주점을 뜻하는 스페인 어.
**양키스, 클리블랜드 인디언스, 디트로이트 타이거즈, 신시내티 레즈, 시카고 화이트 삭스 모두 메이저리그에 소속된 프로 야구 팀을 뜻한다. 메이저리그는 미국과 캐나다 도시를 연고로 하는 프로 야구 구단들로 짜인 리그를 말한다.

"클리블랜드 인디언스에는 질지도 몰라요."

"애야, 양키스를 너무 못 믿는구나. 위대한 디마지오*가 있지 않느냐."

"클리블랜드 인디언스도 그렇고, 디트로이트 타이거즈도 만만치 않잖아요."

"예끼, 이 녀석. 그렇게 따지다가는 신시내티랑 시카고 화이트 삭스까지 겁내야겠구나."

"기사 잘 읽으셨다가 저 돌아오면 얘기해 주세요."

"끝자리를 85로 해서 복권을 한 장 사 둘까? 내일이 85일째니 말이다."

"그것도 좋지요. 하지만 할아버지가 세우신 대기록 87일은요?"

"그런 일은 두 번 다시 없다. 끝자리가 85인 복권 찾을 수 있겠니?"

"주문할게요."

"그럼 한 장 주문해라. 2불 50센트지? 누구한테 이 돈을 꾸어야 하나?"

"걱정 마세요, 2불 50센트 정도야 제가 언제든지 빌릴 수 있어요."

---

*1936년부터 1951년까지 뉴욕 양키스 팀에서 선수생활을 한 메이저리그의 야구 선수.

"나도 빌릴 수는 있다. 하지만 되도록 안 빌리려는 게지. 한 번 빌리기 시작하면 정말 감당할 수 없게 되니 말이다."

"따뜻하게 계시기나 하세요, 할아버지. 이제 9월이잖아요."

소년이 말했다.

"그렇지, 큰 물고기가 돌아오는 달이지. 너도나도 어부를 할 수 있는 5월과는 다른 때지."

노인이 말했다.

"이제 저 정말 정어리 잡으러 가요."

소년이 말했다.

소년이 돌아왔을 때 노인은 의자 위에서 잠이 들어 있었다. 해는 이미 저물었다. 소년은 침대에서 낡은 군용 담요를 가져 왔다. 그리고 그것을 의자 등받이에 잘 펼쳐 노인의 어깨까 지 덮어 주었다. 노인의 어깨는 다른 사람들 것과 달랐다. 늙 어 보였지만 여전히 강인하게 느껴졌다. 목도 마찬가지였다. 노인이 꾸벅꾸벅 졸며 앞으로 고개를 숙이고 있어서인지 목의 주름도 거의 없어 보였다.

노인이 입고 있던 셔츠는 그의 돛과 사정이 비슷했다. 수차 례나 기워 놓은 데다 햇볕에 오랜 시간 바래 여기저기 얼룩덜 룩했다. 얼굴은 노인이 얼마나 늙었는지를 그대로 나타내고 있었다. 눈을 감고 있는 그의 얼굴에는 생기가 하나도 없었다. 무릎 위에 놓인 신문은 펼쳐져 있었지만 노인이 팔로 누르고 있어 저녁의 산들바람에도 날리지 않고 고정되어 있었다. 노인은 맨발이었다.

소년은 노인을 그렇게 둔 채 한 번 자리를 떴다가 다시 돌아왔다. 노인은 여전히 잠들어 있었다.

"할아버지, 일어나세요."

소년이 노인의 무릎에 손을 얹고 말했다.

노인은 곧 눈을 떴지만, 몽롱한 상태에서 깨기까지는 시간이 좀 걸렸다. 잠시 후 노인이 미소를 지었다.

"들고 온 게 무엇이냐?"

"저녁이요. 함께 저녁 먹어요."

소년이 말했다.

"별로 배가 고프지는 않구나."

"그래도 드세요. 안 그럼 어떻게 물고기를 잡아요?"

"여태 잘 잡지 않았니."

이렇게 말하며 노인은 일어났다. 신문을 접어 놓고 담요도 어깨에서 내려 개기 시작했다.

"담요는 두르고 계세요. 그리고 제가 있는 한 할아버지가 빈속으로 고기잡이를 나가시는 일은 없어요."

"그럼 오래오래 살아야 할 테니 몸 좀 아끼렴."

노인이 말했다.

"너는 뭘 먹을 게냐?"

"검은 콩, 밥, 바나나 튀김, 그리고 스튜요."

소년이 테라스에서 2단으로 된 금속 용기에 담아 온 음식들이었다. 나이프와 포크와 스푼 두 세트를 각각 냅킨으로 싸서 주머니에 가지고 왔다.

"누가 주었니?"

"마틴 씨요. 주인아저씨 있잖아요, 왜."

"고맙다는 인사라도 해야 할 텐데."

"제가 했으니 염려 마세요."

소년이 말했다.

"큰 물고기를 잡으면 뱃살 부분을 떼어 줘야겠다."

노인이 말했다.

"이번이 처음이 아니지?"

"네."

"그러면 뱃살로는 부족하지. 우리를 이렇게나 챙겨 주는구나."

"참, 맥주도 두 병 보내 주셨어요."

"난 캔 맥주가 제일 좋던데."

"알아요, 할아버지. 하지만 이건 아투에이 맥주*예요. 병으로밖에 안 파는 거요. 병은 다시 돌려 줄 거예요."

---

*쿠바 원주민 타이노족의 추장이자 스페인 저항 운동을 이끈 아투에이의 이름을 따 만든 맥주.

"착하구나. 이제 먹자꾸나."

"아까부터 먹자고 했잖아요. 할아버지랑 함께 먹으려고 아직 뚜껑도 열어 보지 않았어요."

"그럼 이제 열자꾸나. 그저 손 씻을 시간이 좀 필요했던 게야."

대체 어디서 손을 씻으셨단 말이지? 소년은 생각했다. 마을의 수도에 가려면 두 길이나 내려가야 했다. 소년은 할아버지 집에 물을 떠다 두어야겠다고 생각했다. 비누와 좋은 수건도 함께 갖다 놓아야 할 터였고, 겨울에 입으실 셔츠와 윗옷도 한 벌씩 있어야겠고, 신발과 담요도 필요할 것 같았다.

"스튜 맛이 일품이구나."

노인이 말했다.

"야구는 어떻게 됐대요?"

소년이 물었다.

"내가 말하지 않았느냐. 북미 리그에서는 양키스가 으뜸이지, 암."

노인이 즐거운 듯이 말했다.

"양키스는 오늘 졌잖아요."

소년이 말했다.

"그런 게 중요한 게 아니란다. 위대한 디마지오가 대단한 활약을 했어."

"그 팀에는 다른 선수들도 있는데요, 할아버지."

"그렇지, 하지만 디마지오는 특별하다. 다른 리그에서 브루클린하고 필라델피아가 맞붙는다면 나는 브루클린을 응원할 거다. 물론 딕 시슬러가 그 오래된 야구장에서 날린 엄청난 직선 타구들을 고려하지 않을 수 없겠지만 말이다.

"맞아요. 정말 그렇게까지 공을 멀리 칠 수 있다니 대단해요."

"기억나느냐? 그 사람이 테라스에 종종 왔었지. 고기 잡으러 나갈 때 함께 데리고 나가 보고 싶다는 생각을 했지만 망설이다가 말 한 마디 못 꺼내 보지 않았니. 너라도 말 좀 해 보라 했지만 너도 머뭇거리더구나."

"네, 지금 생각해 보면 정말 후회돼요. 우리랑 함께 갔을 수도 있을 텐데. 그랬으면 평생의 영광이었을 텐데요."

"나는 위대한 디마지오와 함께 고기잡이에 나가 보고 싶구나. 그 사람의 부친이 어부였다지. 우리만큼 가난했던 시절이 있었을 테니, 우리의 부탁을 들어줬을지도 몰라."

노인이 말했다.

"하지만 위대한 시슬러의 아버지는 가난하지 않았어요. 제 나이 때 벌써 메이저리그에서 선수 생활을 하고 있었으니까요."

"내가 네 나이였을 때는 가로돛을 단 큰 배의 선원이었단다. 배는 아프리카까지 항해를 하곤 했는데, 저녁 무렵이면 해변에서 사자들이 어슬렁거리곤 했지."

"알아요. 전에 얘기해 주셨어요."

"아프리카 얘기를 해 줄까, 야구 얘기를 해 줄까?"

"야구 얘기가 좋겠어요. 위대한 존 호타 맥그로* 얘기를 해 주세요."

소년이 말했다. 소년은 J를 '호타**'라고 발음했다.

"그래, 그 사람도 옛날에 가끔씩 테라스에 오곤 했단다. 그런데 그는 술만 마셨다 하면 폭력적이 되는 데다 말도 거칠게 해서 상대하기 여간 힘든 게 아니었지. 야구만큼이나 경마를 좋아했어. 호주머니에 말 명단을 적은 종이를 항상 가지고 다녔고, 전화로 말 이름들을 대며 누군가와 통화하곤 했지."

"좋은 감독이기도 했죠. 저희 아빠는 그가 최고라고 생각하세요."

소년이 말했다.

"그거야 맥그로가 이곳에 자주 왔으니 그랬겠지. 만약 듀로셔가 해마다 이곳에 왔다면 아마 네 아버지는 그 사람을 최고의 감독이라고 했을걸?"

노인이 말했다.

---

*볼티모어 오리올스와 뉴욕 자이언츠에서 활약했던 야구 선수.
**J를 스페인 어 발음으로 말했다는 의미.

"그럼 누가 정말 최고의 감독이었나요, 루케? 아니면 마이크 곤살레스?"

소년이 물었다.

"막상막하겠구나."

노인이 대답했다.

"어쨌든 최고의 어부는 할아버지시죠?"

"아니다. 나보다 대단한 어부들이 많이 있지."

"케 바!* 물론 세상에는 대단한 어부들이 많이 있겠죠. 하지만 최고는 할아버지뿐인걸요."

"이렇게 고마울 데가. 네가 없었으면 어떻게 할 뻔했냐. 감당하지 못할 정도로 어마어마하게 큰 물고기가 걸려 우리의 이런 생각이 틀렸다는 걸 증명해 주지 않길 바랄 뿐이구나."

"감당하지 못할 물고기 같은 건 없어요. 할아버지 말씀대로 할아버지는 아직 힘이 세시니까요."

"그러니까 그게, 나도 이제 나를 잘 모르겠어서 말이다. 하지만 나는 요령도 있고, 무엇보다 여전히 투지에 불타고 있지."

노인이 말했다.

"이제 주무세요, 할아버지. 그래야 내일 아침에 기운이 나죠. 저는 이것들을 테라스에 돌려주러 갈게요."

---

*스페인 어로, '천만에요'라는 뜻이며 부정의 의미로 쓰인다.

"그래, 너도 잘 자거라. 아침에 깨워 주마."

"네, 할아버진 제 자명종이시니까요."

"내 자명종은 내 나이지. 늙은이들은 왜 일찍 깨는 걸까? 하루를 좀 더 길게 보내기 위해서?"

"저야 잘 모르죠. 어쨌든 어린아이들은 아침 늦게까지도 깊이 잘 자는 게 확실해요."

소년이 대답했다.

"나도 그랬는데."

노인이 말했다.

"늦지 않게 깨워 주마."

"주인아저씨가 깨워 주는 건 왠지 제가 못난 것 같아 싫어요."

"안다."

"그럼 할아버지, 안녕히 주무세요."

소년은 떠났다. 두 사람은 불도 켜지 않고 식탁에서 저녁을 먹었고 노인은 여전히 그런 어둠 속에서 바지를 벗었다. 바지에 신문을 끼워 넣어 돌돌 말아 베개로 삼고, 담요로 몸을 감싼 다음 침대에 누웠다. 용수철들 위에 지난 신문들을 깔아 만든 침대였다.

노인은 오래지 않아 잠이 들었다. 어렸을 적 갔던 아프리카 꿈을 꾸었다. 길게 뻗은 황금빛 해변, 눈부시도록 하얀 백사장 그리고 높이 솟은 곳과 거대한 갈색 산들을 보았다. 요즘은 거의 매일 그 해안가의 꿈을 꾸었다. 꿈속에서도 물결이 바닷가에 부딪치는 파도의 소리가 들렸다. 그 파도를 가르며 노를 저어 들어오는 아프리카 원주민의 배도 보았다. 그날 노인은 잠결에 갑판에서 풍겨 오는 타르 냄새와 뱃밥 냄새를 맡았다. 아침이면 뭍바람에 실려 오던 아프리카의 냄새도 맡았다.

보통 뭍바람 냄새를 맡으면 노인은 일어나 옷을 입고 소년을 깨우러 갔다. 하지만 오늘은 뭍바람 냄새가 너무 일찍부터 풍겨 왔다. 노인은 잠결에도 너무 이른 시각이라는 것을 자각하면서 계속 꿈결을 헤맸다. 섬들의 하얀 산봉우리가 바다 위로 솟아 있었고, 카나리아 군도*의 여러 항구와 정박지들도 보였다.

노인은 이제 더 이상 폭풍우 꿈이나 여자 꿈은 꾸지 않았다. 뭔가 엄청난 사건이 일어나는 꿈도, 큰 물고기 꿈도, 싸움이나 힘겨루기 같은 꿈도, 죽은 아내의 꿈도 더 이상 꾸지 않았다. 그저 이런저런 장소들이나 해변에서 어슬렁거리는 사자들 꿈만 꿀 뿐이었다. 해질 무렵이면 사자들은 새끼 고양이처럼 해변을 뛰놀았다. 노인은 소년을 사랑하는 만큼이나 사자들을 사랑했다. 소년은 한 번도 꿈에서 본 적이 없었다. 잠에서 깬 노인은 열린 문틈 사이로 달을 내다보다 말아 놓았던 바

---

*아프리카 서사하라 서쪽의 일곱 개의 스페인령 섬들.

지를 펴서 입고는 판잣집을 나섰다. 소변을 본 다음, 소년을 깨우러 길을 올라갔다. 새벽의 찬 기운에 몸이 부르르 떨렸지만, 그러다 보면 조금 따뜻해 질 테고 곧 바다로 나가 노를 젓게 될 테니 괜찮았다.

소년의 집은 잠겨 있지 않았다. 노인은 문을 열고 조용히 걸어 들어갔다. 여전히 맨발인 채였다. 소년은 자신의 방인 첫 번째 방 간이침대 위에서 자고 있었다. 저무는 달빛이 방 안으로 스며들어 노인은 소년의 모습을 또렷이 볼 수 있었다. 노인은 소년의 한쪽 발을 지긋이 쥐었고, 잠시 후 소년은 눈을 떴다. 소년은 고개를 돌려 노인을 바라보았다. 노인은 고개를 끄덕였다. 소년은 침대 옆 의자에 놓아 둔 바지를 집어 들고 입었다.

노인은 문을 나섰고 소년도 뒤따랐다. 소년은 아직 졸음을 완전히 물리치지 못하고 있었다. 노인은 소년의 어깨에 팔을 두르며 이렇게 말했다.

"미안하구나."

"케 바. 남자니까요."

소년이 대답했다.

두 사람은 노인의 판잣집으로 내려갔다. 맨발의 사내들이 자기들 배의 돛대들을 짊어진 채 어둠 속에서 길을 걸어가고 있었다.

노인의 판잣집에 도착했다. 소년은 낚싯줄 뭉치, 작살, 갈고리가 든 바구니를 들었고 노인은 돛대를 짊어졌다.

"커피 드실래요?"

소년이 물었다.

"이것들을 배에 가져다 놓은 다음 마시자꾸나."

두 사람은 어부들을 위해 아침 일찍 문을 여는 음식점에 들어가 연유 통에 따라 놓은 커피를 마셨다.

"할아버지는 잘 주무셨지요?"

소년이 물었다. 졸음을 쫓느라 꽤나 애를 먹고 있지만, 어쨌든 어느 정도는 졸음을 쫓은 듯했다.

"잘 잤단다, 마놀린."

노인이 대답했다.

"오늘은 왠지 느낌이 좋은걸?"

"저도 그래요. 이제 할아버지와 저의 정어리를 가져올게요. 할아버지의 새 미끼도요. 저희 배는 주인아저씨가 직접 물건들을 다 나르세요. 절대 남이 옮기게 하지 않으시거든요."

"사람마다 다르지."

노인이 말했다.

"나는 네가 다섯 살 때부터 물건을 나르게 했지."

"그러니까요."

소년이 대꾸했다.

"빨리 다녀올게요. 커피 한 잔 더 드시고 계세요. 아마 그냥 줄 거예요."

소년은 맨발로 산호석길을 걸어 미끼를 저장해 둔 얼음 창고로 갔다.

노인은 천천히 커피를 마셨다. 하루 종일 아무것도 먹지 못할 것이므로 커피라도 꼭 마셔야 했다. 먹는 것이 귀찮아진 지는 오래되었다. 노인은 점심 도시락을 싸지 않았다. 뱃머리에 둔 물 한 병이 하루의 끼니 전부였다. 그것만으로도 충분했다.

소년이 정어리와 신문지에 싼 미끼 고기 두 마리와 함께 돌아왔다. 두 사람은 함께 배가 있는 곳으로 내려갔다. 맨발 밑으로 자갈이 섞인 모래가 고스란히 느껴졌다. 둘은 노인의 배를 들어 바닷물로 밀어 넣었다.

"행운이 함께 하기를, 할아버지."

"너도 행운을 빈다."

노인은 노에 맨 밧줄을 노걸이 못에 맨 후 몸을 앞으로 숙이고 힘차게 노를 저어 물을 헤쳤다. 그러고는 여전히 어두운 항구 밖으로 배를 몰고 나갔다. 다른 해안에서도 배들이 하나둘 바다로 나가고 있었다. 달이 이미 산 너머로 저물었기 때문에 배들을 볼 수는 없었지만 노 젓는 소리와 물 출렁이는 소리들은 들을 수 있었다.

때때로 배 위에서 사람들의 말소리도 들렸다. 하지만 대부분의 배들은 노 젓는 소리 외에는 조용했다. 항구를 떠난 배들은 제각기 흩어져 각기 다른 해역으로 노를 저었다. 노인은 멀리 나갈 생각이었기 때문에 뭍 냄새를 외면한 채 맑은 새벽 바다 냄새가 나는 쪽을 향해 노를 저었다. 어부들 사이에서 '큰 우물'이라고 불리는 해역에 도달하자 해초의 인광*이 눈에 띄었다. 그곳을 '큰 우물'이라고 부르는 이유는 수심이 갑자기 700미터쯤으로 깊어지기 때문이었다. 그곳은 해류가 해저의 가파른 경사면을 만나 생기는 소용돌이로 수많은 종류의 물고기가 모이는 장소이기도 했다. 떼 지어 몰려다니는 새우와 미끼 고기들은 물론이고 깊숙한 구멍에는 오징어 무리들까지 모이곤 했다. 이런 것들은 밤에 수면 가까이 올라오다 근처에 있던 물고기들에게 잡아먹히곤 했다.

어둠 속이었지만 노인은 아침이 멀지 않았다는 것을 알 수 있었다. 노인이 노를 젓는 동안 날치가 몸을 떨며 위로 솟구칠 때 나는 소리와 빳빳한 두 날개를 세워 허공을 가르는 소리들이 들려왔다. 날치는 노인이 바다에서 제일 좋은 친구로 여기는 물고기였다. 노인은 바다에서는 새가 불쌍하다고 생각했다. 특히 어두운 색을 띤 작고 연약한 제비갈매기들은 열심히 먹이를 찾아다니지만 늘 허탕을 치는 것만 같아 가엾었다. 노인은 도둑갈매기 같은 크고 힘센 것들을 빼면 새들이 자신들

---

*빛에 노출되었던 물질이 빛이 사라진 후에도 계속 빛을 내는 것.

보다 더 고달픈 삶을 살아 내고 있다고 생각했다. 어째서 이런 잔인한 바다에서 저토록 여리고 섬세하게 만들어졌단 말인가? 물론 바다는 아름답고 너그러웠다. 하지만 때로는 너무나도 잔혹했으며, 갑자기 성을 내기도 했다. 작고 구슬픈 목소리로 울며 물속의 먹이를 찾아다니는 새들은 그런 바다에서 살아남기에는 너무나 연약했다.

　바다는 언제나 노인에게 '라 마르'였다. 사람들이 바다를 좋게 생각할 때 부르는 말이었다. 바다를 사랑하는 사람들은 가끔씩은 바다를 욕하기도 했지만, 그래도 바다를 여성 형으로 사용하곤 했다.* 부표를 낚시찌 대신으로 사용하고 상어 간으로 돈을 벌어들여 그 돈으로 모터보트나 사는 젊은 어부들은 바다를 '엘 마르'라고 불렀다. 바다를 일터나 경쟁 상대, 혹은 적으로 여기는 것이었다. 노인에게 바다는 언제나 여성 형이었다. 바다가 거칠게 굴거나 성을 내도, 바다도 어쩔 수 없어 그러는 것이라 여겼다. 달이 여성에게 영향을 미치듯 바다에게도 영향을 미치고 있는 것이라 생각했다.

　노인은 꾸준히 노를 저었다. 무리해 속력을 내지 않았고, 가끔씩 해류가 소용돌이치는 곳 말고는 바다가 잔잔했으므로 힘들지 않았다. 노인은 노 젓기의 삼분의 일을 조류에 맡겼다. 그렇게 하여 날이 밝아 올 무렵, 그는 생각했던 거리보다 더

---

*스페인 어는 모든 단어를 여성 형과 남성 형으로 구분한다.

먼 바다로 나와 있었다.

일주일 동안 깊은 우물들 부근에서 고기를 잡으려 했지만 모두 헛수고였어. 노인이 생각했다. 오늘은 가다랑어와 날개다랑어 떼가 몰리는 곳까지 나가 볼 것이다. 거기서 큰 놈을 잡을지 모르지.

날이 완전히 밝아지기 전에 노인은 미끼를 드리우고 물이 움직이는 대로 배를 내버려 두었다. 첫 미끼는 70미터 아래로 내렸다. 두 번째 미끼는 130미터 정도까지 내려 두었다. 세 번째와 네 번째 미끼는 180미터 그리고 220미터 아래의 깊은 바다로 내렸다. 미끼 고기는 각각 머리를 아래로 향하도록 하여 낚싯바늘의 일직선 부분에 단단히 꿰어 놓았고 싱싱한 정어리들은 바늘의 곡선 부분과 끝에 꿰어 두었다. 구부러진 철 바늘에 두 눈을 꿰인 정어리들이 반원으로 화환 모양을 만들었다. 낚싯바늘 전체에서 맛있는 냄새가 풍겼고 좋은 맛이 날 것 같았다. 그 어떤 물고기라도 그냥 지나치기 힘들 것이었다.

소년이 준 싱싱한 새끼 날개다랑어 두 마리는 깊이 내린 두 개의 낚싯줄에 추처럼 매달아 놓았고 나머지 낚싯줄에는 푸른 빛이 도는 큰 전갱이와 갈전갱이를 달아 놓았다. 전에 쓰던 것이지만 아직 상하지 않았고, 다른 신선한 정어리들과 함께 매달아 놓았기 때문에 물고기를 충분히 끌어들일 수 있었다. 큰 연필 굵기의 낚싯줄에는 모두 초록색 낚시찌*가 묶여 있었기 때문에 물고기가 미끼를 당기거나 건드리기만 해도 알 수 있었다. 각각의 낚싯줄에 70미터짜리 줄을 달아 놓은 상태였다. 필요할 때가 되면 다른 줄을 덧대어 매달 수 있기 때문에 물고기를 500미터 넘게 끌고 다닐 수 있었다.

노인은 뱃전 너머로 낚시찌 세 개에 움직임이 있는지를 살피며 슬슬 노를 저어 낚싯줄이 적당한 수심에서 잘 늘어질 수 있도록 조절했다. 이미 날이 꽤 밝았다. 곧 아침 해가 떠오를 것이었다.

해가 바다 위로 슬며시 얼굴을 내밀기 시작했다. 이제 주변의 다른 배들이 보였다. 배들은 해안 가까이에 제각각 흩어져 자리 잡고 있었다. 해는 점점 더 높이 떠올라 수면 위로 빛을 쏟아 붓기 시작했다. 얼마 지나지 않아 태양은 완전히 떠올랐고, 평평한 수면은 그 빛을 반사 시키기 바빴다. 노인은 눈이 부셨기 때문에 얼굴을 태양의 반대쪽으로 돌리고 노를 저었다. 노인은 물속을 들여다보며 바다 깊숙한 곳으로 똑바로 내려진 낚싯줄을 살펴보았다. 노인은 그 어느 어부보다도 낚싯줄을 똑바로 내리는 데 공을 들였다. 그래야만 어두운 바다 속에서 원하는 정확한 지점에 미끼를 내릴 수 있었다. 미끼가

---

*물고기가 미끼를 물어 낚시에 걸리면 빨리 알 수 있도록 낚싯줄에 매어 놓는 작고 가벼운 물건.

180미터까지 내려가 있다고 생각해도 실질적으로는 100미터 정도만 내려가 있기 십상이었다. 다른 어부들은 낚싯줄이 조류에 이리저리 움직이도록 내버려 두었다.

나는 낚싯줄을 정확하게 내리지. 노인은 생각했다. 다만 운이 없는 편인 게지. 하지만 누가 알겠는가? 어쩌면 오늘은 운이 좋은 날일지도 몰랐다. 매일매일은 새로운 날이다. 운이 따르는 날이면 더 좋은 날일 것이다. 하지만 나는 끝까지 정신을 바짝 차릴 테다. 행운이 찾아올 때는 언제나 내가 준비되어 있어야만 한다.

해가 뜬 지 두 시간쯤이 지났고 이제 더 이상은 동쪽을 보아도 눈이 부시지는 않았다. 이제 보이는 배는 세 척뿐이었다. 그리고 그들마저도 저 멀리 해안 쪽 수면에 가까이 떠 있었다.

아침 해는 평생을 봐도 눈이 아프군. 노인이 생각했다. 그래도 내 눈은 아직 끄떡없지. 저녁 해는 똑바로 쳐다봐도 눈앞이 캄캄해지지도 않지. 사실은 그 빛이 더 강한데 말이야. 하지만 아침 해는 정말이지 괴롭단 말이야.

그때였다. 군함조* 한 마리가 검고 긴 날개를 쭉 편 채 앞쪽 바다의 하늘을 맴돌고 있었다. 그 새는 날개를 뒤로 젖혀 비스듬하게 급강하를 했다가 다시 하늘 위로 날아올라 빙빙 돌았다.

_____

*몸의 길이가 1미터 이상인 대형 새.

"뭔가를 발견했구나. 그냥 둘러보고 있는 게 아니야."

노인은 천천히, 그리고 꾸준히 그 새가 맴돌고 있는 쪽으로 노를 저었다. 낚싯줄이 팽팽함을 유지한 채 오르락내리락하도록 했다. 새를 따라 가지 않았으면 이보다는 천천히 노를 저었겠지만 할 수 없었다. 노인은 빠른 속도에 자칫 흔들릴 낚싯줄들을 최대한 그대로 유지하려 애쓰며 노를 저었다.

그 사이 새는 하늘 높이 올라갔다. 그리고 그곳에서 날개를 움직이지 않은 채 다시 빙빙 돌았다. 그러고는 갑자기 빠른 속도로 내려갔다. 그때였다. 날치가 물 위로 뛰어올라 수면 위를 필사적으로 날아갔다.

"만새기다!"

노인이 외쳤다.

"만새기 떼야!"

노인은 노를 거둬 올린 다음 뱃머리 밑창에서 가는 낚싯줄을 꺼냈다. 철사 목줄에 달려 있는 중간 크기의 바늘에 정어리한 마리를 미끼로 달았다. 그리고 낚싯줄을 뱃전 너머로 던진 다음 뱃고물 쪽 고리에 꼭 매어 두었다. 또 다른 낚싯줄에도 미끼를 달아 뱃머리 안쪽 그늘진 곳에 말아 놓았다. 노인은 다시 노를 저으며 그 긴 날개의 검은 새가 먹이 쫓는 모습을 유심히 지켜보았다. 새는 이제 수면 위를 낮게 날고 있었다.

노인이 지켜보고 있는 사이 그 새는 다시 날개를 비스듬히 기울여 수면 가까이 내려온 다음, 날개를 빠르게 퍼덕이며 날치를 뒤쫓기 시작했다. 하지만 성공하지는 못했다. 해수면이 살짝 부풀어 올랐다. 커다란 만새기 떼가 도망가는 날치들을 뒤쫓느라 생긴 것이었다. 만새기들은 날치가 날고 있는 바로 밑 수면에서 물살을 가르며 헤엄치고 있었다. 날치가 물 안으로 떨어질 때를 기다렸다 날치를 잡으려는 것이었다. 굉장히 커다란 만새기 떼야. 녀석들이 저렇게 넓게 포진해 있으니 날치가 살아남을 가능성은 거의 없겠군. 새도 헛수고를 하는 셈이야. 새에 비해 날치가 너무 큰 데다 빠르기까지 해. 노인은 생각했다.

노인은 날치가 계속해서 수면 위로 뛰어오르는 모습과 그런 날치를 쫓지만 매번 허탕을 치는 새의 모습을 지켜봤다. 저 날치 떼는 너무 빠르게 그리고 너무 멀리 도망치고 있어. 어쩌면 무리에서 뒤처진 녀석 하나쯤은 잡을 수도 있겠지. 어쨌든 내가 잡고 싶은 큰 물고기도 이 근처 어딘가에 분명히 있을 것이다. 노인이 생각했다.

구름이 지평선 너머로 산처럼 높이 떠올랐다. 그가 떠나온 해안가는 이제 하나의 긴 초록색 선으로 보일 뿐이었다. 바닷물은 이제 검푸른 빛을 띠었는데, 색이 너무 진한 나머지 거의 자줏빛으로 보였다. 물속에는 붉은 빛의 플랑크톤이 있었고 햇빛이 물속으로 들이비춰 신비로운 빛들을 만들어 내고 있었다. 노인은 낚싯줄이 물속에 똑바로 있는지 확인했다. 그리고 그 주변에 있는 플랑크톤을 보며 기분이 좋아졌다. 플랑크톤이 많다는 것은 물고기들이 많다는 뜻이었다. 해는 높이 떠 있었고, 물속에서는 기묘한 빛들이 서로 얽혀 춤추고 있었다. 날이 맑을 것이다. 육지 위에 둥둥 떠다니는 구름의 형태도 좋은 날씨를 예상케 했다. 이제 새는 볼 수 없었고, 오직 햇빛에 바랜 해초들이 여기저기 둥둥 떠다닐 뿐이었다. 보라색 고깔해파리의 부레가 뱃전 근처에 떠서 무지개를 반사 시키고 있었다. 해파리는 몸을 옆으로 젖혔다가 다시 똑바로 세우곤 했는데, 치명적 독을 가진 긴 촉수를 물속으로 일 미터 가까이나 늘어뜨린 채 마치 비눗방울처럼 수면 위를 미끄러지듯 떠다녔다.

"아구아 말라*, 이 못된 것 같으니라고."

노인이 말했다.

노인은 천천히 노를 저으며 물속을 들여다보았다. 해파리의 촉수와 같은 색을 가진 작은 물고기들이 해파리 아래로 생긴 그늘에 무리지어 촉수 사이를 이리저리 헤엄치고 있었다. 사람과 달리 물고기들은 해파리 독에 면역이 되어 있었다. 어쩌다 해파리가 낚싯줄에 달라붙어 끈끈한 보라색 점액질이 손과 팔에 묻기라도 하면 담쟁이덩굴이나 옻나무 독이 오른 것 같

---

*스페인 어로 고깔해파리를 뜻하며 '나쁜 물'이라는 뜻도 있다.

이 부어오르고 따가워졌다. 아구아 말라의 독은 다른 것보다 독이 퍼지는 속도가 빨랐고, 피부는 마치 채찍을 맞은 것 같이 변했다.

해파리들은 아름다웠다. 비눗방울처럼 무지갯빛 영롱한 빛깔을 냈다. 하지만 바다에서 가장 해로운 존재이기도 했다. 노인은 큰 바다거북이 해파리를 집어삼키는 모습을 볼 때마다 기쁘기 그지없었다. 바다거북은 해파리를 보면 똑바로 다가간 다음 눈을 감고 몸은 자신의 등껍질 속에 완전히 숨긴 상태에서 그대로 해파리를 꿀꺽 삼킨다. 촉수까지 말이다. 노인은 바다거북이 해파리 먹는 것을 기쁜 마음으로 구경하곤 했다. 폭풍우가 지나간 다음 해안에 떠밀려 온 해파리를 밟으며 걷는 것도 좋아했는데, 굳은살이 박인 발뒤꿈치로 해파리를 밟을 때마다 폭폭- 하고 해파리 터지는 소리를 듣는 것이 좋았다.

노인이 좋아하는 거북이는 푸른바다거북과 대모거북이었다. 이것들은 우아하면서도 빠르게 움직였다. 게다가 값이 비싸기도 했다. 하지만 그에 비해 크고 둔한 붉은바다거북은 친근감이 느껴지는 동시에 혐오감도 느껴졌다. 붉은바다거북은 노란색 등껍질을 무기마냥 둘러업었고, 교미하는 모습도 요상했으며, 눈을 감은 채 해파리를 삼키는 모습도 흉측했다.

노인은 몇 년간 거북잡이 배를 탔지만, 거북이 신비롭다는 생각은 한 번도 해 보지 않았다. 세상의 모든 거북이들이 불쌍하다고 느껴졌다. *길이가 조각배만 하고 무게가 일 톤이나 나가는 거대한 거북까지도 가엾기 그지없었다.* 거북은 토막 내어 죽여도 그 뒤로 한 시간 넘게 심장이 계속 뛰는 동물이다. *그런 거북을 대부분의 사람들은 무자비하게 대한다.* 하지만 노인은 이렇게 생각했다. 내 심장도 저 녀석들 것과 똑같고, 손발도 녀석들 것과 별반 다르지 않지. 노인은 기운을 차리려고 거북 알을 먹었다. 9월과 10월에 큰 물고기를 잡으려고 5월 내내 거북 알을 먹으며 체력을 길러왔던 것이다.

노인은 어부들이 뱃기구를 맡기는 집에 있는 큰 드럼통에 담긴 상어간유*를 매일 한 잔씩 마시기도 했다. 간유는 어부라면 누구나 마실 수 있었지만 대부분의 어부들은 간유 맛을 싫어했다. 하지만 아침 일찍 일어나야 하는 괴로움에 비하면 그걸 마시는 편이 훨씬 나았다. 게다가 간유는 감기나 독감에 그만이었고, 눈 건강에도 좋았다.

노인이 하늘을 올려다봤다. 새가 다시 하늘 위에서 빙빙 돌고 있었다.

"물고기를 봤구나!"

노인이 크게 말했다.

수면 위로 날아오르는 날치도 없었고, 미끼 고기가 흩어져 있는 것도 아니었다. 그런데 작은 다랑어가 허공으로 솟구쳤

---

*상어류의 간에서 짜낸 갈색의 기름.

다 머리를 아래로 한 채 다시 물속으로 들어갔다. 햇빛을 받아 은색으로 반짝이던 이 다랑어 한 마리가 물속으로 떨어지자 다른 놈들도 연달아 수면 위로 뛰어올랐다. 곧 다랑어 떼가 사방에서 펄떡거리며 헤엄을 쳤다. 다랑어 떼는 미끼 고기 주위를 맴돌고 그것을 따라 멀리멀리 뛰어오르며 계속 돌진하고 있었다.

다랑어들이 너무 빠르게 움직이지만 않았다면 쫓아가 보고도 싶었다. 하지만 무리였다. 노인은 그저 다랑어 떼가 만들어 내는 하얀 물거품을 바라봤다. 겁에 질려 수면으로 내몰린 물고기들을 발견한 새가 물속으로 부리를 집어넣으며 뛰어들고 있었다.

"저 새가 잘 도와주는군."

노인이 말했다.

바로 그때였다. 한 번 감아 밟고 있던 뱃고물 쪽 낚싯줄이 갑자기 팽팽해졌다. 노인은 노를 내려놓고 낚싯줄을 꽉 잡아 끌어당겼다. 줄을 물고 부르르 떨며 버티고 있을 다랑어의 무게가 느껴졌다. 줄을 당길수록 팽팽한 느낌이 더 강해졌다. 물속에서 물고기의 푸른 등과 황금빛 옆구리가 보였다. 노인은 물고기를 뱃전 쪽으로 홱 끌어당겼다. 다랑어는 뱃고물 쪽에 떨어졌다. 햇빛을 받은 채 너부러져 있었고 총알처럼 생긴 몸은 단단해 보였다. 다랑어는 크고 흐리멍덩한 눈을 뜬 채 꼬리로 연신 뱃바닥 널빤지를 내리쳐 가며 펄떡거렸다. 노인은 녀석의 머리를 한 대 내리쳤다. 고통 없이 한 번에 죽으라는 동정심에서였다. 하지만 다랑어는 노인이 발로 한 번 더 찬 후에도 죽지 못한 채 뱃고물의 그늘진 구석에서 몸을 떨고 있었다.

"날개다랑어군. 좋은 미끼가 될 테지. 5킬로그램 가까이 나가 보이는구나."

노인은 자신이 언제부터 혼잣말을 하게 됐는지 기억하지 못했다. 예전에는 혼자 있을 때 그저 노래를 부르곤 했다. 활어선이나 거북잡이 배 위에서 밤 당번이 되어 혼자 키를 잡고 있을 때는 종종 노래를 불렀다. 확실히 기억나지 않지만 혼잣말을 시작한 것은 아마도 소년이 자신의 배를 떠나고 난 뒤부터일 것이다. 소년과 함께 고기를 잡을 때는 필요한 말들만 했다. 폭풍우로 날씨가 험해 고기잡이를 할 수 없을 때가 되어서야 두런두런 소년과 이야기를 나누었다. 바다에서는 쓸데없는 말은 하지 않는 것이 미덕이었다. 그리고 노인은 이것을 지켜왔다. 하지만 지금은 말을 한다고 해서 일에 방해를 받을 사람이 없었다. 노인은 신경 쓰지 않고 생각나는 대로 혼잣말을 했다.

"내가 이렇게 큰 소리로 혼잣말하는 것을 남들이 보면 저 노인네가 드디어 정신이 나갔다고 하겠군."

노인이 또 혼잣말을 했다.

"하지만 나는 미치지 않았으니 무슨 상관인가. 배에 라디오를 가져다 놓고 야구 중계를 들을 수 있는 돈 많은 사람들과는 처지가 다르지 않은가."

야구 생각 따위를 하고 있을 때는 아닌데. 노인은 번뜩 정신이 들었다. 지금은 한 가지만 생각해야 한다. 내가 이 세상에 나온 이유 말이지. 저 물고기 떼 근처에 큰 물고기가 있을지 모른다. 방금 내가 잡은 다랑어는 그저 먹이를 먹다 무리에서 뒤처진 녀석일 테지. 그런데 고기들은 너무나 멀리, 그리고 너무나 빠르게 가고 있다. 오늘 수면 위로 올라 내가 본 것들 모두 빠르게 북동쪽을 향해 이동하고 있다. 그때가 된 것인가? 아니면 어떤 날씨에 대한 징조란 말인가?

더 이상 초록빛 해안선은 볼 수 없었다. 눈 덮인 듯 꼭대기가 하얗게 보이는 푸른 산봉우리들과 그 봉우리들에 걸터앉은 듯이 보이는 구름들만 볼 수 있을 뿐이었다. 바다는 시커멨다. 빛은 물에 비쳐 오색영롱하게 반짝였고, 그 많던 플랑크톤은 태양빛에 어디론가 사라져 버린 후였다. 노인의 눈에 보이는 것이라고는 깊고 푸른 바다에서 반짝이는 형형색색의 빛들과 1500미터 아래 물속으로 똑바르게 내리웠던 낚싯줄이 전부였다.

다랑어, 어부들은 이런 종류의 물고기는 모두 다랑어라고 불렀다. 팔 때나 미끼 고기와 맞바꿀 경우에는 정확한 이름으로 구분해서 불렀지만 말이다. 태양은 뜨거웠고 그 열기가 노인의 목덜미를 달궜다. 노를 젓고 있는 노인의 등을 타고 땀줄기가 흘러내렸다.

그냥 조류에 맡겨도 되지 않으려나. 낚싯줄을 발가락에 감아 놓으면 잠시 눈을 붙여도 되련만. 하지만 오늘은 85일째다. 하루를 이렇게 흘려보낼 수는 없다. 노인이 생각했다.

그때였다. 낚싯줄을 보고 있던 노인의 눈에 수면 위로 나와 있던 초록색 막대찌 하나가 물속으로 쑥 들어가는 것이 보였다.

"옳지. 옳거니."

노인이 말했다.

노인은 배에 부딪치지 않게 조심하며 노를 배 안으로 거뒀다. 그리고 팔을 뻗어 엄지손가락과 집게손가락으로 낚싯줄을 살짝 잡아보았다. 잡아당기는 느낌이나 무게감이 느껴지지는 않았다. 노인은 줄을 잡고 가만히 기다렸다. 다시 느낌이 왔다. 강하거나 무겁게 당기는 게 아니라 미끼를 살짝 물어 보는 듯한 가벼운 느낌이었다. 노인은 그게 무엇인지 단번에 알았다. 입질이었다. 180미터 아래에서 청새치가 낚싯바늘의 몸통과 끝 부분에 감아 놓은 정어리를 맛보는 중이었다. 노인이 직접 손으로 구부려 만든 낚싯바늘 끝부분에 매달아 놓은 새끼 정어리들과 낚싯바늘 중심부의 다랑어 새끼를 말이다.

노인은 낚싯줄을 살며시 잡은 채 왼손으로 막대찌에 묶인 줄을 조심스럽게 풀기 시작했다. 이젠 물고기에게 아무 느낌이 전해지지 않도록 하면서도 손가락 사이로 낚싯줄을 풀어 내릴 수 있었다.

이렇게나 멀리 나온 데다 계절이 계절인 만큼 큰 녀석이겠지. 노인이 생각했다. 먹어라, 아가야. 먹어라. 어서 먹거라. 180미터 깊이의 그 차갑고 어두운 물속에서 이렇게 싱싱한 정어리를 앞에 두고 뭘 망설이고 있는 게냐. 어서 그 어둠 속에서 몸을 한 바퀴 돌고 정어리를 먹어라.

곧 조심스럽고도 가벼운 당김이 한 번 느껴졌다. 그 다음에 한 번 더 세게 당기는 힘이 느껴졌다. 정어리 머리를 낚싯바늘에서 그냥 떼어 내는 것은 녹록치 않으리라. 하지만 그게 전부였다. 더 이상의 움직임이 느껴지지 않았다.

"어서 먹으라니까."

노인이 외쳤다.

"다시 돌아오너라. 냄새가 나잖느냐. 맛있겠지? 어서 마음껏 먹어라. 정어리지 않느냐. 살이 단단하고 신선하고 맛이 기가 막힌단다. 머뭇거리지 말거라, 애야. 어서 먹으렴."

노인은 엄지손가락과 집게손가락으로 낚싯줄을 쥔 채 가만히 기다리며 상황을 지켜보았다.

물고기가 다른 낚싯줄로 옮겨 간 것이 아닐까 하여 다른 줄들을 관찰하는 것도 잊지 않았다. 잠시 뒤, 아까와 같은 조심스러운 입질이 다시 시작됐다.

"이번에는 먹어야지. 오, 신이시여, 놈이 미끼를 물게 하소서."

노인이 큰 소리로 말했다.

하지만 물고기는 미끼를 물지 않았다. 녀석은 사라졌다. 노인은 더 이상 아무것도 느끼지 못했다.

"가 버리다니! 갈 리가 없다. 지금 주위를 한 바퀴 도는 중일 게야. 예전에 바늘에 걸렸던 기억이 있어서 조심하는 걸지도 몰라."

그때였다. 낚싯줄에 다시 느낌이 왔다.

"그래, 한 바퀴 돌았던 게지. 곧 물 게야."

노인은 가벼이 당기는 느낌에 기분이 좋아졌다. 곧 뭔가 강하면서도 놀라울 정도로 무거운 느낌이 전해졌다. 필시 물고기의 무게와 비례할 것이었다. 노인은 낚싯줄을 계속 풀었다. 두 뭉치로 감아 놓은 여분의 줄 중 하나도 더 풀었다. 낚싯줄이 손가락 사이를 스르륵 미끄러져 나갔다. 노인은 엄지손가락과 집게손가락에 물고기가 눈치채지 못할 정도로 아주 살짝 힘을 주어 잡아 보았다. 실로 엄청난 무게가 느껴졌다.

"어마어마한 놈이야. 지금 미끼를 옆으로 문 채 빠져나갈 셈이냐."

한 번 돌고 난 다음 미끼를 삼킬 거야. 노인이 생각했다. 하지만 입 밖으로 소리 내어 말하지는 않았다. 좋은 일은 입 밖으로 새어 나가면 이루어지지 않는다는 것을 알고 있었다. 물고기의 크기가 여간 크지 않을 것이었다. 노인은 보지 않아도 어두운 물속에서 다랑어를 가로로 문 채 달아나려는 녀석의 모습이 눈에 선했다. 그때였다. 물고기가 갑자기 움직임을 멈추었다. 묵직한 느낌은 여전했다. 밑에서 끌어당기는 힘이 점점 더 세지자 노인은 줄을 더 풀었다. 노인이 잠시 엄지손가락과 집게손가락으로 줄을 쥐자 바다 속에서 수직으로 당기는 힘이 더 커졌다.

"녀석이 물었어. 자, 실컷 먹어라."

노인이 말했다.

노인은 손가락 사이로 줄이 풀리게 두고는 왼손을 밑으로 뻗어 여분의 낚싯줄 두 뭉치 끝에 다른 예비 낚싯줄 두 뭉치를 감아 묶었다. 준비는 끝났다. 지금 풀고 있는 낚싯줄이 끝나도 700미터 짜리 낚싯줄 뭉치 세 개가 더 있었다.

"조금 더 먹거라. 많이 먹거라."

꿀꺽 삼키거라. 그래야 네 심장에 바늘 끝이 박혀 네가 꼴깍할 게 아니냐. 노인이 생각했다. 그래야 내가 너를 끌어올려 작살을 꽂기가 쉬워진단다. 옳지. 준비됐느냐? 충분히 먹었으렷다?

"지금이다!"

노인이 큰 소리로 외쳤다. 그러고는 두 손으로 온 힘을 다해 줄을 당겼다. 처음 90센티미터쯤은 낚싯줄을 한 번에 확 당겨 올렸다. 그 다음부터는 팔과 몸에 최대한 무게를 실어 팔을 열심히 움직여 계속해서 낚싯줄을 끌어올렸다.

하지만 소용없었다. 물고기는 오히려 천천히 움직이며 빠져나가고 있었다. 크고 힘이 센 대어를 낚는 데 쓰는 낚싯줄을 쓰고 있었는데도 녀석을 단 한 치도 끌어올릴 수가 없었다. 노인은 줄을 어깨 위에 걸쳐 두었다. 줄은 다시 팽팽해졌다. 사방으로 물이 튀었다. 그리고 곧 물에서 쉬익 하는 소리가 나며 줄이 움직이기 시작했다. 노인은 단단히 버텼다. 물고기가 당기는 힘에 맞서 몸을 뒤로 젖혀 가며 계속해서 줄을 잡아당겼다. 배는 서북쪽을 향해서 천천히 움직이기 시작했다.

물고기는 천천히 계속해서 움직였다. 마치 둘이 평온한 바다를 천천히 여행하고 있는 것 같았다. 다른 미끼들이 바다에 내려져 있었지만 별로 상관없었다.

"아이와 함께 나왔더라면."

노인이 소리 내 말했다.

"나는 지금 물고기한테 끌려가는 중이다. 끌려가는 닻줄에 매인 기둥처럼 말이다. 줄을 좀 더 세게 당길 수도 있지만, 그러면 저 물고기 녀석이 줄을 끊어 버릴지도 모르니 조심해야 한다. 내가 할 수 있는 한 버티는 수밖에 없고, 또 필요할 때는 줄을 풀어 주기도 해야 한다. 다행히도 놈이 더 깊이 내려가지는 않는구나."

만약에 녀석이 아래로 내려가면 어찌하는가? 그러다 갑자기 물 밑에서 죽어 버리면 어쩌나? 그렇게 되면 뭔가 방법을 생각해 내야겠지. 방법은 많이 있겠지.

노인은 줄을 어깨에 걸친 채 물속으로 내리워진 줄의 기울기와 서북쪽으로 움직이는 배를 보며 두려움에 빠져들었다. 이러다 내가 죽을 수도 있다. 계속 이렇게 있을 수는 없다. 네 시간이 더 흘렀다. 그때까지도 물고기는 여전히 배를 끌고 헤엄치고 있었고, 노인은 여전히 줄을 어깨에 걸친 채 버티고 있었다.

"녀석이 걸려든 것이 정오였을 텐데, 나는 녀석의 얼굴 한 번 보지 못했구나."

물고기가 걸려들기 전부터 쓰고 있었던 밀짚모자 때문에 이마가 지끈거렸다. 목도 말랐다. 노인은 무릎을 꿇고 앉아 줄이 당겨지지 않도록 조심하며 이물 쪽으로 다가가 한 손으로 물병을 잡은 다음 마개를 열어 물을 조금 마셨다. 그리고 이물에 기대어 잠시 쉬기로 마음먹었다. 아직 펼치지 않은 돛대에 기댔다. 노인의 머릿속에는 온통 견뎌야 한다는 생각뿐이었다.

노인은 뒤를 한번 돌아보았다. 역시나 육지는 보이지 않았다. 노인은 상관없다고 생각했다. 마음만 먹으면 언제든지 아바나에서 비추는 빛을 따라 항구로 돌아갈 수 있다고 생각했다. 해가 지려면 두 시간 정도 남았고, 저 녀석도 그 전까지는 올라올 것이다. 아니면 달이 뜰 때까지는. 그것도 아니라면 내일 해가 뜰 때까지는 올라오겠지. 쥐가 나지도 않았고 아무 문제없다. 주둥이에 낚시 철사 줄이 꿰인 건 바로 녀석이다. 하지만 이렇게 오랜 시간 동안 이토록 힘껏 당기고 있다니. 철사를 문 채 입을 꽉 다물고 있을 테지. 적의 모습을 한 번이라도 좀 봤으면 좋으련만…….

물고기는 방향을 전혀 바꾸지 않은 채 밤새 헤엄쳤다. 노인은 밤하늘에 떠 있는 별들을 바라보며 곰곰이 생각했다. 해가 저문 후라 기온이 떨어졌고 등과 팔다리에서 났던 땀은 차갑게 식은 채 말라붙어 있었다. 노인은 낮에 미끼통을 덮었던 자루를 널어 햇볕 아래 말려 두었는데, 해가 지고는 그 자루를 목에다 묶어 매고 등 쪽으로 내려두었다. 그리고 양어깨를 가로지르고 있는 낚싯줄 아래로 조심스럽게 밀어 넣었다. 자루가 쿠션 역할을 해서 줄의 힘을 조금 덜 받게 되기를 기대했다. 노인은 이물에 기댄 채 앞으로 적당히 기대는 법을 터득하여 조금 더 편한 자세로 있을 수 있었다. 조금 더 편한 정도였지만 노인은 완전히 편해졌다고 느꼈다.

지금은 나도 저 녀석을 어떻게 할 방도가 없고, 녀석도 나를 어떻게 하지 못하고 있다. 노인이 생각했다. 하지만 녀석이 계속 이 상태로 간다면 그것은 큰 문제일 것이었다.

한번은 노인이 몸을 일으켜 뱃전 너머로 소변을 본 뒤 별을 보며 항로를 확인했다. 낚싯줄은 노인의 어깨 너머 물속으로 곧게 뻗어 있었다. 마치 인광의 줄무늬 같이 느껴졌다. 속도는 아까보다 훨씬 줄었다. 아바나의 불빛이 선명하게 보이지 않는 것으로 보아 배와 물고기는 해류 때문에 동쪽으로 밀려가는 중일 것이었다. 아바나의 불빛이 완전히 보이지 않게 된다면 동쪽으로 간다는 것에 조금 더 확신을 가질 수 있을 것이라고 노인은 생각했다. 만약 물고기가 제대로 가는 거라면 아직 몇 시간은 더 불빛을 볼 수 있으리라. 오늘 메이저리그 야구는 어떻게 되었을까. 배 위에서 라디오로 야구 경기 중계를 들을 수 있다면 정말 좋을 것 같았다. 그러다 노인은 문득 정신을 차렸다. 지금 하고 있는 일에 집중하자. 바보 같은 짓은 하지 말아야 할 것이 아니냐.

노인은 갑자기 이렇게 소리 내어 말했다.

"아이가 있었더라면! 나를 도와줄 수도 있고 이런 것도 함께 볼 수 있었을 텐데!"

늙은이가 혼자 일하는 것은 좋지 않아. 노인은 생각했다. 하지만 어쩔 수가 없었다. 다랑어가 더 상하기 전에 먹어 둬야지. 그래야 기운을 보충할 것이었다. 잊어선 안 된다. 아무리

입맛이 없더라도 아침에는 저 다랑어를 꼭 먹어야 한다. 꼭 말이다. 노인은 스스로에게 계속해서 되뇌었다.

밤새 돌고래 두 마리가 배 주위에 다가왔다. 그들이 물속에서 노닐며 물을 뿜는 소리도 들렸다. 노인은 수컷 돌고래가 물 뿜는 소리와 암컷이 물 뿜는 소리를 정확히 구별할 줄 알았다.

"좋은 녀석들이지. 함께 놀고, 농담을 하고, 서로 사랑하는 게지. 날치와 마찬가지로 우리에겐 형제 같은 녀석들이지."

그러다 노인은 자신에게 걸린 그 큰 물고기에게 갑자기 연민이 자라났다. 대단하고도 희한한 녀석이라고 생각했다. 노인은 이렇게 힘이 센 물고기를 잡아 본 적이 없었다. 그리고 이렇게 이상하게 구는 녀석도 처음이었다. 어쩌면 녀석이 매우 영리한 나머지 쉬이 물 밖으로 뛰어오르지 않을지도 몰랐다. 만약에 녀석이 갑자기 뛰어오르거나 내게 돌진이라도 해 온다면 나는 바로 고꾸라지겠지. 아마 녀석은 이전에 몇 번이나 낚싯줄에 걸려 본 경험이 있었을 것이다. 그러다가 이렇게 싸워야 한다는 것을 터득했으리라. 녀석은 지금 자신과 싸우는 상대가 겨우 한 사람, 그것도 늙은이라는 사실을 알지 못하겠지. 대체 얼마나 큰 녀석일까? 살이 좋다면 값도 꽤 나갈 것이다. 미끼를 문 느낌이나 우직이 헤엄치는 것을 보아서는 수 컷 같았다. 인간과 싸움이 붙었는데도 놀라거나 당혹하는 기색도 없었다. 녀석은 대체 무슨 계획으로 지금 이러는 건가?

또 무슨 이유로 나만큼이나 필사적인가?

　노인은 예전에 청새치 한 쌍을 발견한 적이 있었다. 그리고
그중 한 마리를 낚아 올렸었다. 청새치는 언제나 수컷이 암컷
에게 먹이를 양보하는데, 그날도 그랬다. 먼저 미끼를 먹은 암
컷이 낚싯줄에 걸렸다. 암컷은 공포에 질린 채 처절하게 버둥
대다 결국 자포자기했다. 수컷은 그러는 내내 암컷 곁에서 낚
싯줄과 함께 수면을 넘나들었다. 수컷이 너무 바짝 붙어 있어
노인은 애를 먹었다. 수컷에게는 낫처럼 생긴 날카로운 꼬리
가 있었는데, 노인은 수컷이 그 꼬리로 낚싯줄을 끊어 버릴까
걱정이 되었다. 노인은 암놈을 갈고리로 끌어올린 후 몽둥이
로 내려쳤다. 그리고는 가장자리가 사포처럼 된 창날 같은 그
청새치의 주둥이를 붙잡고 머리 끝을 물고기의 몸통 색이 거
울의 뒷면처럼 변할 정도로 내리친 다음, 아이와 함께 배 안
으로 끌어올렸었다. 그때까지도 수컷은 뱃전을 떠나지 못하고
있었다. 노인이 낚싯줄을 정리하고 작살을 준비하는 동안에도
수컷은 암컷을 찾아 공중으로 뛰어오르기를 계속했다. 그리고
마침내 가슴지느러미인 옅은 자줏빛 날개를 활짝 펴 화려한
무늬를 한 번 드러내더니 결국 물속 깊은 곳으로 사라져 버렸
다. 참으로 아름다운 놈이었지. 오랫동안이나 암컷 옆을 떠나
지 못하더니……. 노인이 추억에 잠겼다.

　내가 평생 고기잡이를 하며 본 가장 슬픈 장면이었지. 노인

이 생각했다. 아이와 나는 물고기를 죽이며 용서를 빌어야만 했어.

"아이와 함께 나왔더라면!"

노인은 소리 내어 이렇게 말한 후 둥그런 이물의 널빤지에 몸을 기댔다. 등 뒤로 맨 낚싯줄로는 여전히 같은 방향으로 헤엄치고 있는 물고기의 무게감이 전해져 왔다. 내게 걸린 이상, 너도 쉬이 어찌하지는 못하겠지. 노인은 생각했다. 네가 선택한 것은 그 어떤 덫과 함정과 속임수도 닿지 못할 깊은 바다의 어둠 속에 머무르는 것이겠지. 하지만 내가 선택한 것은 그 누구도 가지 못하는 그곳까지 가서 너를 찾아내는 것이다. 우리는 정오부터 이렇게 둘만 남게 되었다. 너도 나도, 곁에 아무도 없으니 그 어떤 도움도 받지 못할 것이다…….

어쩌면 나는 어부가 되지 말았어야 했는지도 모른다. 노인은 생각했다. 하지만 나는 어부가 되기 위해 태어났다. 그러니 날이 밝으면 반드시 다랑어를 먹어야 한다. 노인은 다시 한 번 다짐했다.

날이 밝기 전, 무언가가 뒤쪽에 있는 미끼를 문 느낌이 들었다. 곧 막대찌가 부러지는 소리가 났고, 뱃전 너머로 줄이 빠르게 풀려나갔다. 노인은 어둠 속에서 선원용 칼을 빼 들고 큰 물고기의 무게를 왼쪽 어깨로 버텨 내며 뱃전에 대 놓은 낚싯줄을 끊었다. 그리고 어둠 속에서 여분의 낚싯줄 뭉치들 끝을 서로 묶어 놓았다. 노인은 이 모든 것을 한 손으로 했다. 매듭을 맬 때에는 한쪽 발로 줄을 밟아 눌러 잡으며 말이다. 이제 노인은 총 여섯 개의 여분 낚싯줄 뭉치를 가지고 있는 셈이었다. 방금 잘라낸 곳에서 두 개가 더 생겼고, 둘은 물고기가 미끼를 따먹어 버린 곳에서 걷어 올린 것이었다. 노인은 그것들을 모두 한 줄로 연결해 놓았다.

날이 밝으면 70미터짜리 줄을 놓은 곳으로 가서 그것도 끊어 예비 뭉치에 이어 놓을 테다. 잘못하면 360미터짜리 질 좋은 카탈루냐산 낚싯줄 전부를 잃어버리겠구나. 하지만 그것은 언제든 새로 살 수 있다. 다른 물고기를 신경 쓰느라 이 녀석을 잡지 못한다면 무슨 소용인가? 방금 전 미끼를 먹은 물고기가 뭔지는 모르겠지만 청새치나 황새치 아니면 상어 중 하나겠지. 줄을 잘라 내는 데 열중하느라 어떤 놈인지 느껴볼 틈도 없었군.

"아이와 함께 나왔더라면!"

노인이 소리 내어 말했다.

어쨌든 아이는 없지 않은가. 노인이 생각했다. 노인은 철저하게 혼자였다. 이제 날이 어둡든 밝든, 자신의 마지막 낚싯줄이 있는 곳으로 가서 그 줄도 끊은 다음 두 개의 예비 줄 뭉치를 마저 만들어 두는 것이 최선일 것이었다.

노인은 곧 실행에 옮겼다. 어둠 속에서 쉬이 할 수 있는 일이 아니었다. 한번은 물고기가 크게 움직이는 바람에 앞으로 고꾸라져 눈 아래가 찢기는 상처를 입었다. 뺨 위로 피가 조금 흘렀으나 피는 턱까지 내려오기 전에 굳어 버렸다. 노인은 이물 쪽으로 가서 뱃전에 기대 쉬었다. 노인은 자루 위치를 조금 바꾼 뒤 그 위에 다시 줄을 댔다. 물고기가 당기는 힘을 조심스럽게 느껴 보며 노인은 손을 물에 담갔다. 배의 속도를 가늠하기 위해서였다.

물고기가 갑자기 왜 그렇게 요동쳤지? 노인이 생각했다. 낚싯줄이 등 위를 쓸고 지나가서 그랬을 테지. 하지만 지금 내 등만큼 아팠겠느냐? 녀석이 아무리 크고 세다 할지라도 이 배를 영원히 끌고 갈 수는 없다. 다른 줄들도 모두 정리했고, 낚싯줄 뭉치도 여분이 많으니 이제 나는 준비가 끝났다.

"물고기야."

노인이 나지막하게 말했다.

"나는 죽을 때까지 너를 놓지 않을 게다."

물론 저 녀석도 나를 놓지 않겠지. 노인은 어서 날이 밝기를 기다리고 있었다. 동이 트기 직전이라 기온이 매우 낮았다. 노인은 몸을 녹이기 위해 뱃전에 대고 몸 여기저기를 비벼 보았다. 녀석이 버티는 만큼 나도 버틸 수 있다. 노인은 생각했다. 새벽이 밝아오면서 물속으로 당겨 들어간 줄의 모습이 나타났다. 배는 여전히 이동 중이었다. 해가 얼굴 한쪽을 드러냈을 때 빛은 노인의 오른쪽 어깨 위로 떨어졌다.

"북쪽으로 가고 있다."

노인이 말했다.

해류는 계속해서 배를 동쪽으로 몰고 가리라. 녀석이 해류에 몸을 싣고 가는 것이길 바랐다. 그렇다면 녀석이 이제 지쳤다는 표식이리라.

해가 훨씬 더 높이 떠올랐을 때 노인은 물고기가 아직 지치지 않았음을 눈치챘다. 그래도 한 가지 희망적인 일은 낚싯줄의 경사가 물고기가 그다지 깊지 않은 곳에서 헤엄치고 있다는 사실을 말해 준다는 것이었다. 수면 위로 뛰어오르리라는 보장은 없었지만, 최소한 희망은 있었다.

"신이시여, 녀석이 뛰어오르게 해 주소서. 제게는 녀석을 잡을 수 있는 줄이 충분합니다."

노인이 말했다.

내가 조금만 더 힘을 주어 줄을 당기면 아파서 뛰어오르려나? 노인은 생각했다. 이제 날도 밝았으니 녀석이 뛰어오르도록 해야겠다. 뛰어올라 등뼈의 주머니에 공기가 차면 깊이 내려가 죽지도 못하겠지.

노인은 낚싯줄을 조금 더 당겨 보려고 했다. 하지만 줄은 물고기가 처음 걸려들었을 때처럼 여전히 팽팽했다. 조금만 당겨도 끊어져 버릴 것만 같았다. 그래도 노인은 줄을 당겨 보려 몸을 뒤로 젖혔다. 그러자 곧장 물고기의 거센 반응이 시작됐다. 노인은 본능적으로 더 잡아당겨서는 안 된다는 것을 느꼈다. 그래, 이렇게 확 잡아당기면 안 된다. 확 잡아당기면 바늘에 찢긴 상처가 벌어져 녀석이 뛰어오를 때 바늘이 빠질지도 몰라. 해가 뜨니 기분이 한결 좋기는 하구나. 오늘은 해를 정통으로 바라보는 자리를 피해 자리를 잡을 것이다.

낚싯줄 위로 누런 해초들이 걸려 있었다. 물고기는 그 무게까지 끄느라 힘이 더 들 것이었다. 그런 생각이 들자 노인은 기분이 좋아졌다. 밤에 인광을 뿜어내던 바로 그 모자반 해초였다.

"물고기야, 나는 너를 미워하지 않는다. 외려 너를 존경한다. 하지만 오늘 안으로 너를 잡을 것이다."

아니, 그렇게 되기를 바라지. 노인은 생각했다.

작은 새 한 마리가 북쪽에서부터 배를 향해 날아들었다. 휘파람새였다. 새는 해수면 위를 낮게 날고 있었는데 매우 지쳐 보였다. 잠시 후 새는 배의 고물로 날아와 앉았다. 그러더니 이내 노인의 주위를 맴돌며 날갯짓을 했다. 잠시 뒤 새는 마음이 놓였는지 낚싯줄 위에 앉았다. 조금 더 편한 자리일 것이다.

"몇 살이나 되었니?"

노인이 새에게 물었다.

"이번 여행이 처음이냐?"

노인이 새에게 말하자 새가 노인 쪽으로 고개를 돌렸다. 새
는 너무나 지친 나머지 낚싯줄을 제대로 파악하지 못하고 있
었다. 가냘픈 발로 줄을 잡고 몸을 지탱한 채 물고기가 움직이
는 힘에 따라 기우뚱거리고 있었다.

"괜찮다. 원래 계속 그렇게 움직이는 것이거든."

노인이 말했다.

"간밤에는 바람도 별로 없었는데 이렇게 지쳐 버린 거냐?
너 같은 새들은 이제 어디로 가니?"

조금 있으면 매가 새들을 찾아 바다로 날아들 것이다. 노인
이 생각했다. 하지만 이 말만큼은 소리 내어 하지 않았다. 새
에게 해 줘 봐야 알아듣지도 못할 것이며, 얼마 지나지 않아
이 새도 자신의 주변에 매가 있다는 것을 알게 될 것이었다.

"푹 쉬어라, 작은 새야."

노인이 말했다.

"그리고 나가서 기회를 얻어라. 사람이나 새나, 물고기들
모두 그래야 한단다."

등이 뻣뻣해지고 통증도 심해져서 자꾸 말을 하게 되는 것
같았다.

"너만 좋다면 여기서 함께 살아도 좋고, 새야."

노인이 말했다.

"지금 불고 있는 이 바람을 타고 돛을 올려 너를 육지로 데

려다 줄 수 없다는 게 미안하구나. 나는 지금 상대해야 할 놈이 있거든."

그때였다. 물고기가 갑자기 거세게 움직였고 노인은 이물쪽으로 고꾸라졌다. 노인이 반사적으로 줄을 좀 풀지 않았더라면 그대로 물속으로 빠졌을 것이었다. 낚싯줄이 당겨질 때 새가 날아가 버렸지만, 노인은 그 모습도 보지 못했다. 노인은 오른손으로 조심스레 줄을 만져 보다 손에서 피가 나는 것을 발견했다.

"또 뭔가가 녀석을 아프게 한 모양이군."

노인은 이렇게 말하곤 물고기의 방향을 돌릴 수 있는지 알아보려고 줄을 잡아당겨 보았다. 줄은 곧 끊어질 것처럼 팽팽했다. 하지만 노인은 여전히 줄을 꼭 쥔 채 뒤에 무게를 실어 버렸다.

"이제야 알아차린 거냐, 물고기야. 그래 나다."

노인이 말했다.

노인은 주위를 둘러보며 새를 찾아보았다. 그 새가 친구가 되어 함께 있어 주길 바랐기 때문이었다. 하지만 새는 날아가고 없었다.

얼마 있지도 못하고 가 버렸구나. 노인은 생각했다. 하지만 네가 해안에 도착하기까지는 더 거칠고 험난한 여정이 기다리고 있단다. 그건 그렇고, 물고기가 한번 줄을 당겼다고 이렇게 고꾸라지다니 이게 무슨 일이란 말인가. 몸이 둔해지고 있다는 증거인가 아니면 새를 바라보느라 정신이 팔렸던 것인가. 이제 물고기 잡는 일에만 마음을 다하고, 기운이 모두 빠지기 전에 다랑어를 먹어야겠다.

"아이가 이곳에 함께 있었더라면. 그리고 소금도 조금 있었더라면 얼마나 좋았을까."

노인은 소리 내어 말했다.

노인은 낚싯줄을 왼쪽 어깨로 옮겨 멘 뒤 무릎을 꿇고 앉아 조심스럽게 바닷물에 손을 씻었다. 손을 물에 담그니 피가 물 속으로 길게 흘렀다. 배는 계속해서 움직이고 있었다. 배가 움직일 때마다 손에 물이 찰싹거리며 닿았다.

"속도는 많이 줄었는데."

노인이 말했다.

조금 더 오래 손을 물에 담그고 싶었지만 노인은 물고기가 또 다시 요동을 칠까 두려웠다. 노인은 몸을 똑바로 일으켜 손을 뻗어 햇볕에 물을 말렸다. 상처는 낚싯줄에 베인 것이었다. 고기를 잡을 때 꼭 필요한 부분에 상처가 나 있었다. 이 일이 끝나기 전까지는 손이 꼭 필요했다. 아직 본격적으로 시작하지도 못했는데 손을 다쳤다는 사실에 노인은 마음이 좋지 않았다.

"자 이제 작은 다랑어를 먹어야겠다. 갈고리를 사용해 이리로 끌어와 여기서 먹어야겠다. 훨씬 편하지, 암."

노인은 무릎을 꿇고 앉은 채 갈고리로 뱃고물 아래에서 다랑어를 꺼내고 낚싯줄에 닿지 않게 조심해서 자신의 앞으로 끌어왔다. 다시 왼편 어깨로 줄을 옮겨 멘 다음 왼팔과 손으로 몸을 버티며 갈고리에서 다랑어를 빼냈다. 갈고리는 다시 제자리에 둔 다음 한쪽 무릎으로 다랑어를 눌러 고정한 채 머리에서 꼬리까지 등줄기를 따라 세로로 길게 칼질을 하고 검붉은 살점을 발라내기 시작했다. 쐐기 모양으로 생긴 살점들을 최대한 등뼈 가까이에서 배 끝까지 잘라 냈다. 그리고 그것을 다시 여섯 조각으로 가른 다음 이물의 판자 위에 올려놓았다. 칼은 바지에 문질러 닦고 남은 뼈대는 꼬리 쪽을 잡아들어 뱃전 너머로 던졌다.

"한 조각을 다 먹을 수는 없을 것 같은데."

노인은 이렇게 말하며 살점을 자르기 시작했다. 바다 밑의 큰 물고기는 여전히 줄을 세게 당기고 있었다. 왼손에 쥐가 났다. 무거운 줄을 잡고 버티고 있기 때문이었다. 노인은 정색하며 왼손을 바라보았다.

"손이 왜 이 모양이냐. 쥐가 날 테면 나 봐라. 매 발톱처럼 오그라들 테면 들어봐. 그래봤자 너만 손해다."

노인은 이렇게 중얼거리며 어둑한 물속으로 비스듬히 내려가 잠긴 낚싯줄을 내려다보았다. 지금 어서 먹어야 손이 펴질 것이다. 노인은 생각했다. 손은 아무 잘못도 없었다. 벌써 여러 시간 동안 물고기와 씨름하고 있으니 그럴 만도 했다. 하지만 나는 언제까지라도 싸우리라. 이제 정말로 다랑어를 먹어야만 했다.

노인은 살점 하나를 집어 입 안으로 넣고 천천히 씹기 시작했다. 맛이 나쁘지 않았다. 천천히 씹어야 한다. 그래서 고기에서 나오는 즙까지 잘 먹어 두어야만 해. 노인은 생각했다. 라임이든 레몬이든 소금이든 있었으면 먹기가 훨씬 더 나을 것 같았다.

"손아, 너는 좀 어떠냐?"

노인은 저리다 못해 사후 경직 상태처럼 뻣뻣해진 손을 향해 물었다.

"너를 위해 조금 더 먹으마."

노인은 두 쪽으로 잘라 둔 것 중 남은 한 쪽도 입에 넣었다. 꼭꼭 씹은 후 껍질은 뱉어 냈다.

"손아, 이제는 좀 어떠냐? 아직은 잘 모르겠느냐?"

노인은 살점 한 쪽을 더 집어 든 다음 통째로 씹었다. 다랑어는 살이 단단하고 피가 많은 물고기라고 노인은 생각했다. 그래도 만새기 대신 다랑어를 잡은 것이 다행이었다. 만새기는 너무 달았다. 다랑어는 단맛이 거의 없는 데다 살이 단단했다.

현실적인 생각 말고는 할 필요도 없었다. 노인은 소금이 조금이라도 있었으면 하고 바랐다. 나머지 살점이 햇볕에 썩을지 마를지 알 수가 없으니 배는 고프지 않아도 먹어두는 편이 좋겠다고 생각한 것이다. 물속의 고기는 여전히 조용했다. 이것을 마저 먹고 이제 준비를 해야만 한다.

"손아, 조금만 더 참아 다오. 내가 너를 위해 이것을 먹고 있지 않니."

노인은 문득 물속의 물고기에게도 이것을 먹일 수 있었으면 좋겠다고 생각했다. 어쨌든 형제이니 말이다. 하지만 나는 저 물고기를 죽여야 한다. 그러려면 힘을 보충해야만 해.

노인은 쐐기 모양의 살점들을 천천히 꼭꼭 씹어 먹었다. 노인은 허리를 쭉 펴고 바지에 손을 문질러 닦았다.

"자, 이제는."

노인이 말했다.

"이제는 줄을 놔도 좋아, 손아. 네가 그 뻣뻣해지는 바보짓을 그만둘 때까지는 오른팔로만 물고기와 대치해 보지."

노인은 왼손으로 붙들고 있던 줄을 왼발로 밟았다. 몸을 젖히며 등에 오는 줄의 힘을 버텨 보았다.

"신이시여, 제발 쥐가 풀리게 해 주십시오."

노인이 말했다.

"물고기가 대체 뭘 하려는지 알 수도 없지 않습니까."

하지만 물고기는 여전히 침착해 보였고 자신의 계획을 잘 따르는 것 같이 느껴졌다. 그 계획이 대체 무엇이란 말인가. 노인은 생각했다. 그럼 나의 계획은 무엇이지? 물고기는 거대하니 내 계획은 녀석의 계획에 맞춰 갈 수밖에 없다. 녀석이 물 밖으로 뛰어오르기만 하면 죽일 수 있었지만, 놈이 언제까지 물속에 있을 것인지 알 수 없었다. 그렇다면 나도 결국 그때까지 놈과 함께 물에 있어야만 했다.

노인은 쥐가 난 손을 바지에 대고 문지르며 손을 풀어 보려고 해 보았다. 하지만 손은 쉽게 풀릴 것 같지 않았다. 해가 나면 펴지겠지 하고 노인은 스스로를 위로했다. 방금 먹은 싱싱한 다랑어가 소화되어 흡수되면 펴질 테지. 그리고 손이 필요할 때가 온다면 손을 펼 수 있을 것이다. 지금은 억지로 펴고 싶지 않다. 때가 되면 알아서 펴지리라. 결국 밤에 줄을 버티고, 다른 줄들을 푸느라 밤새 이 손을 혹사시켰던 건 바로 자신이었으니 말이다.

노인은 바다를 바라보았다. 지금 자신은 온전히 혼자였다. 그는 어두운 물속에서 오색 빛도 보았고, 팽팽히 뻗은 낚싯줄과 잔잔한 바다 속에서 이상한 파동을 일으키는 일렁임도 보았다. 무역풍* 때문인지 구름이 모여들고 있었다. 앞에서는

---

*적도 부근의 더운 공기가 위로 올라가면서 생긴 빈 공간에 북극과 남극에서부터 불어오는 바람.

물오리 떼가 하늘 위에서 가까이 날아들었다 넓게 흩어졌다 또다시 가까이 다가오곤 했다. 노인은 바다에서는 그 누구도 외롭지 않다는 것을 깨달았다.

어떤 이들은 작은 배를 타고 육지가 보이지 않는 먼 바다까지지 나가는 것이 두렵다고들 했다. 갑자기 날씨가 돌변하곤 하는 계절에는 그럴 수도 있었다. 지금은 태풍이 부는 시기였다. 태풍만 불지 않는다면 일 년 중 가장 날씨가 좋은 계절이었다.

태풍은 언제나 며칠 앞서 하늘에 그 징조를 보여 주었다. 단지 뭍에서는 무엇을 봐야 하는지 모르기 때문에 알 수 없는 것이었다. 육지에서도 구름의 모양이 바뀐다거나 하는 변화가 분명히 있을 텐데 말이다. 어쨌든 지금 바다 위에서는 태풍이 불지 않으리라는 것을 알 수 있었다.

노인은 몸에 쥐가 나는 것이 너무나 싫었다. 몸에서 쥐가 날 때면 몸에게 배신당한 기분이 들었다. 타인 앞에서 프토마인* 중독으로 설사를 하거나 구토를 하는 것은 창피한 것이었고, 쥐가 나는 것은-노인은 쥐가 스페인 어로 '칼람브레'라는 것을 기억하고 있었다.- 굴욕적인 것이었다. 혼자 있을 때 쥐가 나는 것은 노인을 더욱 비참하게 했다.

아이가 지금 여기 함께 있다면 팔을 주물러 근육을 풀어 줄

---

*식중독의 원인이 되는 물질을 통틀어 이르는 말.

것이라는 생각이 들었다. 어쨌든 쥐가 곧 풀리기를 바라는 수밖에 없었다.

그때였다. 오른손으로 쥐고 있던 줄에 느껴지는 힘이 달라졌다. 이어 물속에 잠겨 있던 낚싯줄이 천천히 위로 올라오는 것을 알 수 있었다.

"놈이 올라온다."

노인이 말했다.

"어서 오렴. 어서 올라와."

줄은 천천히, 그리고 꾸준하게 올라왔다. 갑자기 배 앞쪽 수면에 소용돌이가 일더니 물고기의 몸통을 중심으로 하여 양쪽으로 물이 갈라지며 쏟아져 내렸다. 이윽고 놈이 모습을 드러냈다. 머리와 등은 햇빛을 받아 번쩍였는데 자주색이었다. 옆구리가 야구방망이처럼 길고 끝은 칼처럼 뾰족했다. 하지만 놈은 잠시 물 밖으로 몸을 드러내 보이더니 다시금 잠수부처럼 물속으로 자취를 감추었다. 물고기의 낫과 같은 꼬리가 물속으로 잠기는 것과 동시에 줄이 빠르게 풀리고 있었다.

"이 배보다 60센티미터는 더 길다."

노인이 말했다. 줄이 풀려 나가는 속도는 빠르긴 했지만 일정했다. 물고기는 당황하거나 놀라지 않았던 것이다. 노인은 손으로 줄이 끊어지지 않을 정도만 당겨 보기로 했다. 물고기가 내려가는 속도를 조금이라도 늦춰야 했다. 조심스럽고 규

칙적으로 당겨야만 했는데, 그렇지 않으면 줄을 모두 끌고 가서 마침내 줄이 끊어질지도 모르기 때문이었다.

노인은 그 고기를 반드시 죽여야 한다고 생각했다. 대단한 물고기였다. 하지만 절대로 물고기가 자신의 힘이 세다는 것을, 또 자신이 달아나겠다고 마음먹으면 달아날 수 있다는 것을 알게 해서는 안 됐다. 내가 만약 저놈이라면 지금 당장 무슨 짓이라도 할 텐데……. 하지만 감사하게도 물고기들은 자신들을 죽이려는 인간처럼 영리하지 못했다. 물론 그들도 때론 우리들보다 훨씬 더 기품이 있고 능력이 있기는 하지만 말이다.

노인은 큰 물고기들을 많이 봐왔다. 500킬로그램 이상 나가는 것도 많이 보았고, 두어 번 직접 잡아 보기도 했다. 하지만 혼자서 잡은 것이 아니었다. 지금은 오롯이 혼자였다. 육지도 보이지 않는 먼 바다에 나와 있었고, 생전 처음 보는 물고기였다. 이제껏 들어 본 그 어떤 물고기보다도 큰 물고기였다. 게다가 노인의 왼손은 여전히 매의 발가락마냥 오그라들어 펴질 줄 몰랐다.

곧 펴질 것이다. 노인은 생각했다. 어서 쥐가 풀려 오른손을 도와야지. 내게 형제는 셋뿐이다. 저 물고기와 내 두 손 말이다. 그러니 쥐가 난 손은 반드시 풀릴 것이다. 쥐가 나다니. 물고기는 다시 예전의 속력을 되찾고 꾸준히 움직이고 있었다.

아까는 왜 올라왔던 거지? 노인이 생각했다. 물고기는 자신이 얼마나 큰 놈인지 한 번 보여 주려 했던 것 같다. 그래, 이제 나도 너의 실체를 알았다. 그럼 이제 내가 어떤 사람인지 보여줄 차례인가? 하지만 그러면 나는 쥐가 난 손을 들키게 되겠지. 그럴 수는 없다. 무슨 수를 써서든 더 강한 사람으로 각인 시켜야만 한다. 가진 게 의지와 지혜뿐인 나로서는 모든 것을 가진 네가 부럽기만 하구나.

노인은 편한 자세로 뱃전에 기대어 있었지만 고통은 여전했다. 물고기는 꾸준히 헤엄치고 있었고, 그에 따라 배도 검은 바다 위를 이동하고 있었다. 동쪽에서 불어오는 바람으로 잔물결들이 일었다. 노인의 왼손은 정오가 되어 풀렸다.

"물고기야, 네게는 나쁜 소식이겠지?"

노인은 이렇게 말하며 어깨 위에 두른 자루를 움직이고 줄을 옮겼다. 몸은 편해졌지만 괴로움은 여전했다.

"신앙심이 그리 깊지 못했지만, 지금부터라도 주기도문과 성모송을 열 번씩 외우겠습니다. 만약 물고기를 잡는다면 코프레성당*으로 성지 순례도 떠나겠습니다. 맹세합니다."

노인은 기도문들을 외우기 시작했다. 너무 피곤한 나머지 기도문들이 잘 기억나지 않을 때도 있었지만, 다시 빠르게 시

---

*쿠바에 있는 대성당, 순례의 장소로 유명한 성지이다.

도하다 보면 자동적으로 다음 구절이 떠올랐다. 노인은 왠지 성모송이 주기도문보다 쉽다고 느껴졌다.

"은총이 가득하신 마리아시여, 기뻐하소서. 주께서 함께하시니 여인 중에 복되시며 태중의 아들 예수 또한 복되시옵니다. 천주의 성모 마리아시여, 이제와 우리 죽을 때에 우리 죄인을 위하여 빌어주소서. 아멘."

기도의 끝에 노인은 이렇게 덧붙였다.

"복되신 마리아시여, 이 물고기의 죽음을 위하여도 기도하여 주십시오. 좋은 물고기이긴 합니다만."

기도를 마치니 기분이 한결 나아졌다. 하지만 고통은 여전했다. 아니 어쩌면 아까보다 더 심해진 것 같기도 했다. 노인은 뱃머리의 판자에 몸을 기댄 채 왼손을 쥐었다 폈다 반복했다.

바람이 불고 있었지만 해가 너무나 뜨거웠다.

"작은 줄에 미끼를 새로 꿰어 뱃고물 쪽에 놓아두는 게 좋을지도 몰라."

노인이 중얼거렸다.

"놈이 이대로 하룻밤을 더 버틸 생각이라면, 나도 뭔가를 더 먹어야 한다. 병에 담아 온 물도 거의 바닥이 났고 이곳에서는 만새기밖에 안 잡힐 텐데. 날치 한 마리라도 배 위에 안 떨어지나? 물이 있으면 날치를 유인할 수 있을 텐데……. 날치는 날로도 맛이 좋고, 칼질도 필요 없지. 괜한 힘을 빼면 안 된다. 놈이 이렇게 클 줄 누가 알았단 말인가.

"그래도 잡고 말겠다, 이놈. 하늘의 위대함과 영광을 위하여."

노인이 말했다.

옳은 일이 아니긴 한데. 노인은 생각했다. 하지만 인간이 얼마나 위대한지, 인간이 얼마나 역경을 잘 이겨 내는지 내 저 놈에게 반드시 보여 주겠다.

"그동안 아이에게 나는 별난 노인네라고 입버릇처럼 말하곤 했지. 이제 그걸 증명해 줄 때가 온 것이다."

노인이 말했다.

이미 수천 번도 넘게 증명했다. 하지만 다 소용없는 것 같았다. 노인은 다시 새롭게 증명하고 싶었다. 증명해 보일 때마다 늘 처음 증명해 보이는 것만 같았고, 예전에 보여 줬던 모습들은 생각하지 않았다.

녀석이 잠을 좀 잤으면 좋겠군. 그러면 나도 눈 좀 붙이고 사자 꿈이라도 꿀 수 있을 텐데. 노인이 생각했다. 갑자기 사자가 왜 생각나지? 노인네야, 잡생각을 좀 버려. 놈은 계속해서 움직이고 있다. 그러니 너는 최대한 움직이지 말고 힘을 비축해야 한다.

이제 오후가 되어가고 있었다. 배는 여전히 천천히, 하지만 꾸준히 움직이고 있었다. 바람은 이제 동쪽에서 불고 있었고, 배가 끌려가는 속도는 조금 더뎌졌다. 노인이 슬슬 노를 젓기 시작했다. 낚싯줄 때문에 아프던 등도 한결 가라앉아 조금은 편해진 것 같았다.

줄이 한 번 더 올라온 것은 오후였다. 하지만 물고기는 수면 쪽으로 한 번 잠시 올라왔을 뿐 계속 물속에서 헤엄치고 있었다. 노인의 왼팔과 어깨와 등 위로 햇볕이 따갑게 내리쬐고 있었다. 노인은 물고기가 햇볕 때문에 동북쪽으로 방향을 돌렸다는 것을 깨달았다.

물고기를 한 번 본 터라 물고기가 물속에서 그 근사한 자줏빛 가슴지느러미를 날개마냥 활짝 편 채 커다랗고 반듯한 꼬리를 흔들며 헤엄치는 모습이 자연스레 상상되었다. 굉장히 큰 눈을 가진 놈이었는데, 노인이 듣기로 말은 그보다 훨씬 작은 눈으로도 어둠 속에서 모든 것을 볼 수 있다고 했던 것 같았다. 나도 전에는 어둠 속에서도 아주 잘 봤지. 완전히 칠흑이 아니라면야. 고양이만큼 눈이 잘 뵀는데.

햇빛과 꾸준한 손 움직임 덕분에 이제 왼손의 쥐는 완전히 풀린 상태였다. 노인은 다시 왼손에 힘을 싣기 시작했다. 등의 근육도 조금씩 움직여 줄 때문에 아픈 곳을 달래기 시작했다.

"물고기야, 네가 아직도 지치지 않은 거라면 너도 나처럼 참 별난 건 확실하구나."

노인이 말했다.

노인은 이미 매우 지친 상태였다. 또 다른 밤이 다가오고 있었다. 노인은 다른 생각을 하려고 노력했다. 옳거니, 야구가 좋겠지. 노인은 메이저리그라는 영어보다는 스페인 어인 '그란 리가스'라고 말하는 것을 좋아했다. 지금쯤 뉴욕의 '양키스' 팀과 디트로이트의 '타이거스' 팀의 시합이 있을 것이었다.

시합 결과를 알지 못한 채 이틀을 보냈다. 하지만 발뒤꿈치 뼈가 성치 않은데도 끝까지 시합을 해 냈던 위대한 '디마지오' 선수에게 부끄럽지 않도록 나도 내 일에 열중해야 한다. 헌데 발뒤꿈치 뼈 돌기*는 어떤 것일까? 노인은 갑자기 궁금해졌다. 우리 같은 사람들은 그런 병에 걸릴 리가 없는데. 싸움닭의 쇠발톱을 발뒤꿈치에 박은 것만큼 아플까? 나는 싸움닭처럼 쇠발톱을 다는 고통을 견딘다거나 눈이 하나나 모두 빠진 상태로 계속 싸운다거나 하는 일은 못 할 거야. 위대한 새나 짐승과 비교한다면 인간은 아무것도 아니지. 그런 의미로 나도 지금 저 검은 바다 속의 물고기가 되고 싶은 심정이군.

"상어만 나타나지 않는다면 말이지. 상어가 나타나면 너나 나나 그냥 이대로 끝이라고."

노인이 큰 소리로 말했다.

---

*뼈가 부러지거나 금이 갔을 때 떨어져 나온 작은 뼛조각이 주변에 자리 잡은 것. 심한 통증을 일으킨다.

디마지오가 만약 내 상황에 처했다면 내가 지금 이러고 있는 것만큼 그도 오래 버텨 낼까? 노인이 생각했다. 물론 잘 버틸 테지. 그는 젊은 데다 강인한 남자가 아닌가. 게다가 그의 아비는 어부가 아니었던가. 그나저나 뼈 돌기가 그렇게도 고통스러운 병일까?

"낸들 아나. 난 한 번도 겪어 본 적이 없는데."

노인이 투덜댔다.

해가 질 무렵, 노인은 스스로에게 자신감을 불어넣기 위해 예전에 카사블랑카*의 어느 술집에서 시엔푸에고스 출신의 한 흑인과 했던 팔씨름 시합을 떠올렸다. 그 흑인은 힘이 세기로 유명한 자였다. 두 사람은 탁자 위에 분필로 줄을 하나 긋고 팔꿈치를 올리고 팔을 꼿꼿이 세운 채, 꼬박 하루를 보냈다. 둘은 상대방의 손을 탁자로 내리기 위해 기를 쓰고 힘을 주었다. 한 치의 양보도 없었다. 사람들은 둘의 승부에 돈을 걸기 시작했고, 가게의 불빛 아래서 많은 사람들이 들고나며 그들의 시합을 지켜보았다.

노인은 흑인의 팔과 손과 얼굴을 번갈아 바라보며 시합을 치렀다. 첫 여덟 시간을 빼고는 심판들이 잠을 잘 수 있도록 네 시간마다 심판을 바꾸었다. 두 사람의 손톱 밑으로 피가 날 정도였는데, 둘은 서로의 눈과 손과 팔을 왔다갔다 쳐다볼 뿐

---
*아바나 만 동쪽의 작은 항구 도시.

꿈쩍도 하지 않았다. 내기에 참여한 사람들은 초조하게 가게를 들락날락하며 벽 옆의 높은 의자들에 걸터앉아 시합을 지켜보고 있었다. 가게 내부의 판자벽은 푸른색 칠이 되어 있었고, 램프의 불빛이 그 벽 위로 사람들의 그림자를 만들어 냈다. 바람에 램프가 흔들릴 때마다 흑인의 큰 그림자가 벽 위에서 어른거렸다.

판세는 밤새 엎치락뒤치락했다. 사람들은 흑인에게 럼주를 먹이고 담배에 불도 붙여 주었다. 술을 마신 흑인은 갑자기 젖먹던 힘까지 발휘해서는 노인의 아니, ─그때는 노인은 아니었기에─ 산티아고의 팔을 8센티미터 넘게 넘어뜨렸다. 하지만 산티아고는 완전히 무너지지 않고 다시 사력을 다해 팔을 올려 세웠다. 노인은 그때 그 건장한 흑인을 이길 수 있다는 확신이 있었다. 새벽이 되자 내기에 참여한 사람들은 무승부 판결을 요구했고, 심판 또한 지쳐 나가떨어지려 했다. 산티아고는 마지막 남은 힘을 쥐어 짜 흑인의 손을 점점 아래로 눕히기 시작했고, 결국 탁자로 넘어뜨렸다. 일요일 아침에 시작된 이 시합은 월요일 아침에 끝이 났다. 돈을 건 대부분의 사람들은 부두에 나가 설탕자루 나르는 일을 하거나 아바나 석탄 회사에 출근했기 때문에 무승부 선언을 요구했다. 하지만 그것만 아니었다면 시합의 결말을 보고 싶지 않은 사람은 없을 것이었다. 어쨌든 그리하여 노인은 그들이 일하러 갈 시간이 되기

전에 승부를 냈다. 그 뒤 오랫동안 사람들은 그를 챔피언이라고 불렀다. 봄에 복수전이라고 해야 할까 패자 부활전이라고 해야 할까 아무튼 한 판이 더 벌어졌지만, 사람들은 그 시합에 돈을 많이 걸지 않았다. 첫 시합에서 시엔푸에고스에서 온 흑인의 콧대를 꺾어 놓아서인지 그날은 쉽게 이길 수 있었다. 그 뒤로 몇 차례 더 그런 시합이 있었지만 노인은 곧 그만두었다. 원하면 누구라도 꺾을 자신은 있었지만 팔씨름은 고기잡이에 중요한 오른손에 좋지 않을 것 같다는 생각이 들었기 때문이다. 혹여나 하는 기대로 왼손을 사용해 몇 번 시합을 해 보기도 했지만 왼손은 언제나 노인을 배신했다. 노인은 그때부터 주인의 명령에 따르지 않는 왼손을 믿지 않게 되었다.

해가 따뜻하니 손은 이제 걱정 없어. 밤에 기온이 많이 낮아지지만 않는다면 다시 쥐가 나는 일은 없을 테지. 오늘 밤엔 또 무슨 일이 생기려나. 노인이 생각했다.

마이애미*로 향하는 비행기 한 대가 노인의 머리 위로 지나갔다. 그 그림자에 놀라 날치 떼가 뛰어 오르고 있었다.

"날치가 저렇게 많으니 만새기가 있을 텐데."

노인이 말했다.

노인은 물고기를 조금이라도 끌어올릴 수 있을까 싶어 줄을 다시 한 번 잡아당겨 보았지만 불가능했다. 줄이 곧 끊어질 듯

---

*미국 남부의 관광 도시.

팽팽해진 데다 사방으로 물방울을 튀기며 부르르 떨기까지 했던 것이다. 배는 여전히 앞으로 움직이고 있었다. 노인은 비행기가 보이지 않을 때까지 비행기를 바라보았다.

비행기를 타면 이상할 거야. 저렇게 높은 곳에서는 바다가 어찌 보이려나? 너무 높이만 날지 않으면 물고기들도 잘 보이겠지. 노인이 생각했다.

400미터쯤 높이에서 천천히 날며 물고기들을 내려다보고 싶군. 거북잡이 배에서는 돛대 꼭대기의 가름대에 올라가 보기도 했는데, 그 정도 높이에서도 보이는 게 아주 많았지. 만새기는 녹색이 더 진하게 보였고, 물고기들은 줄무늬며 자줏빛 반점들이 다 보였고, 물고기가 떼로 헤엄치는 것들도 자세히 들여다보였다. 어두운 해류를 헤엄쳐 다니는 물고기들은 어째서 모두 자줏빛 줄무늬나 반점을 가지고 있을까? 만새기는 금빛이기 때문에 바닷물 아래서 녹색으로 보이는 건데, 배가 고파 먹이를 먹을 때면 마치 청새치마냥 배 부위에 자줏빛 줄무늬가 나타난단 말이지. 그건 성이 났다는 것일까? 아니면 헤엄치는 속도가 빨라지면 그렇게 되는 것일까?

날이 어두워지기 직전이었다. 커다란 모자반 해초가 해수면 가까이로 떠올라 작은 섬처럼 흔들리고 있었다. 마치 노란 담요 아래에서 바다가 누군가와 사랑을 나누는 듯한 모습이었다. 막 그 지점을 지날 때, 작은 낚싯줄에 만새기 한 마리가 걸렸다. 처음에는 그것이 공중으로 뛰어오르며 저물어 가는 햇빛에 온전한 금빛으로 빛나는 모습으로 노인의 눈에 띄었다. 공중에서 요란하게 몸을 푸드덕거렸는데, 겁에 질린 만새기가 공중곡예를 하듯 이리저리 날뛰고 있었다. 노인은 뱃고물 쪽으로 자리를 옮겨가 몸을 웅크린 채 오른손과 팔로 큰 줄을 잡고 왼손으로 만새기를 끌어왔다. 끌어온 줄은 왼쪽 발로 밟아 챙겨가며 계속해서 줄을 끌어당겼다. 물고기는 배 쪽으로 끌려오면 끌려올수록 흥분하여 펄떡였다. 노인은 뱃고물 너머로 몸을 내밀어 자줏빛 반점을 가진 금빛 물고기를 잡아 배 위로 던져 넣었다. 낚싯바늘을 입에서 떼어 내느라 정신없이 주둥이를 움직이고 있는 만새기는 그 길고 넙적한 몸과 머리와 꼬리를 사용해 계속 뱃바닥에서 펄떡였다. 노인은 만새기의 그 금빛 대가리를 향해 몽둥이를 내리쳤다. 만새기는 잠시 부르르 떨더니 곧 움직이지 않았다.

노인은 만새기에서 낚싯바늘을 빼어 새 정어리를 매달아 물로 다시 던졌다. 왼손을 씻고 바지에 물기를 닦았다. 그리고 낚싯줄을 반대손인 왼손으로 옮기고 오른손도 바닷물에 씻었다. 해가 바다 밑으로 자취를 감추고 있었고, 낚싯줄은 비스듬히 드리워져 있었다. 노인은 손을 씻으며 그 모습을 한참이나 바라보았다.

"저 아래 녀석은 여전하군."

노인이 중얼거렸다. 하지만 속도는 줄어 있었다. 손에 바닷물이 닿는 움직임으로 알 수 있었다.

"뱃고물에 노 두 개를 가로질러 묶어 밤에 물고기가 속력을 못 내도록 해 놓아야겠구나. 하지만 놈은 오늘 밤에도 끄떡없겠지. 나도 아직은 괜찮다."

노인이 말했다.

피가 살 속에 좀 배도록 내장은 조금 있다 발라내는 게 좋겠어. 노인이 생각했다. 노인은 노를 묶어 놓는 것도 그때 하기로 했다. 지금은 해가 질 무렵이니 일을 만들지 않기로 한 것이다. 어느 물고기든 해질녘 시간대에는 다루기가 어려웠다.

노인은 바람에 손을 말렸다. 그러고는 다시 가능한 몸을 편하게 하여 줄을 잡았다. 뱃전에 몸을 기대어 이물 쪽을 향해 줄을 잡고 있는 것보다는 바다 속 물고기가 배를 끌 때 힘이 많이 들고, 배 속력이 잘 안 나는 자세로 고쳐 앉았다.

이러면서 또 하나를 배우는 게지. 노인이 생각했다. 중요하게 생각해야 할 것은 놈이 나의 미끼를 물었을 때부터 아무것도 먹지 못했다는 사실과 덩치만큼이나 많이 먹어야 한다는 사실이다. 나는 다랑어를 한 마리 먹은 데다 내일은 만새기를 먹을 작정이다. 노인은 만새기를 '도라도*'라고 불렀다. 내장

---

*스페인 어로 만새기라는 뜻.

을 손질할 때 조금이라도 먹어 두어야겠다. 다랑어에 비하면 먹기 힘들겠지만 세상에 쉬운 일이 어디 있으랴? 노인이 생각했다.

"물고기야, 너는 좀 어떠냐?"

노인이 물었다.

"나는 아주 좋다. 왼손도 다 나았고, 하루 동안 먹을 것도 충분하지. 그렇게 계속 배를 곯아도 괜찮겠느냐, 물고기야?"

이렇게 말했지만 사실 기분이 좋다는 것은 거짓말이었다. 등에 메고 있는 낚싯줄은 이제 고통스러운 정도를 지나 무감각한 상태가 되어 버렸다. 노인은 이 사실을 인정하려 들지 않았지만 말이다. 노인은 생각했다. 이전에 비하면 훨씬 낫지. 오른손에 상처가 살짝 났을 뿐이고 왼손의 쥐도 사라지지 않았나. 두 다리도 멀쩡하고 식량도 넉넉하니, 내가 훨씬 유리하지.

9월에는 해가 지자마자 하늘이 바로 어두워졌다. 주위가 벌써 어둑해진 상태였다. 노인은 이물 쪽 낡은 뱃전에 기댄 채 편히 쉬어 보려 노력했다.

첫 별이 떴다. 노인은 그 별이 '리겔*'이라는 것을 알지 못했지만 그 별이 보이기 시작하면 곧 다른 별들이 뜬다는 것과 그들이 자신의 동무가 되어 주리라는 것을 알고 있었다.

---

*오리온자리에서 가장 밝은 별.

"물론 저 밑의 물고기 녀석도 나의 친구다."

노인이 소리 내 말했다.

"저런 대어는 내 평생 듣도 보도 못한 것이지. 하지만 나는 너를 잡아야만 해. 이런 걸 보면 인간이 별을 죽일 필요가 없는 것이 얼마나 다행이냐."

사람들이 날마다 달을 죽여야 한다면 아마 달은 예전에 달아나 있겠지. 또 날마다 해를 죽여야 한다면 그건 또 무슨 재앙일쏘냐. 그러니 인간이 그러지 않아도 된다는 것은 크나큰 축복이지. 노인이 생각했다.

노인은 물고기가 그간 아무것도 먹지 못했고 이 물고기를 죽이겠다는 자신의 결심이 변하지 않을 거라는 데 미안해졌다. 저 고기를 잡으면 몇 사람이나 먹일 수 있을까. 사람들은 과연 저 고기를 먹을 자격이 있을까? 물론 없겠지. 아무도 그럴 자격이 없을 것이다. 저런 침착성과 위엄을 본다면 필시 보통 물고기는 아닐 것이었다.

노인은 어려운 것은 신경 쓰지 않기로 했다. 그저 사람들이 해나 달이나 별을 죽일 필요가 없다는 것을 다행으로 삼기로 했다. 바다 위에서 살아가며, 우리의 형제들을 죽이는 것만으로도 충분했다.

이제 노를 매 배에 저항력을 더하는 일을 따져 보자. 노인이 생각했다. 위험도 있겠고 장점도 있겠지. 만일 물고기가 힘

을 써 줄을 세게 끄는데 노 때문에 저항력이 생겨 배가 무거워
진다면 줄을 많이 풀어 줘야 할 것이다. 그러다 보면 물고기를
놓칠 수도 있었다. 배가 너무 가벼우면 시간이 걸릴 수는 있겠
지만 나는 계속 안전할 것이다. 물고기는 아직까지 최대 속력
을 내지 않았을 테니 나로서는 가벼운 편이 안전했다. 어찌 되
었든 힘을 비축해 두는 것이 우선이었다. 만새기가 상하지 않
도록 내장을 빼내고 살점을 먹어야 했다. 그리고 한 시간쯤 쉰
다음 녀석의 동태를 살피고 결정을 내릴 것이다. 그동안 무슨
다른 변동 사항이 있는지는 보면 되는 것이었다. 노를 묶어 두
는 것이 단순한 요령일 수도 있었다. 이제는 좀 더 안전한 쪽
으로 일해야 할 것이었다. 녀석의 힘은 대단했다. 낚싯바늘이
아직 주둥이 구석에 끼어 있는 것 같았다. 주둥이는 꽉 다물고
있었다. 저런 대어에게 낚싯바늘이 찌르는 건 아픔도 아니겠
지. 그것보다 굶주리고 있는 것과 알지 못하는 대상과 싸우고
있다는 것이 더 큰 문제겠지. 여보게 늙은이, 이젠 조금 쉬는
게 어떤가. 다음 일을 할 때까지 녀석을 조금 내버려 두잔 말
일세.

　　노인의 생각에 한두 시간쯤 쉰 것 같다. 늦도록 달이 뜨지
않아 시간을 짐작하기가 어려웠다. 오래 쉰 편이었지만, 온전
히 쉬었다고는 볼 수 없었다. 여전히 물고기가 끄는 힘을 양어
깨로 버텨 내고 있었기 때문이었다. 하지만 왼손으로 뱃머리

의 가장자리를 잡아 기대며, 물고기에게 저항하는 힘이 될 수 있는 대로 배 자체에 실리도록 노력했다.

이 줄을 고정시킬 수 있다면 모든 게 간단하겠지만, 그렇게 하면 물고기의 움직임이 조금만 달라져도 줄이 끊어질 수 있었다. 몸으로 버티면서 상황에 따라 줄을 조절할 수 있어야만 했다.

"하지만 늙은이, 자네는 한 번도 잠을 자지 못했다니까."

노인이 소리 내 말했다.

"어제 오후, 하룻밤 그리고 오늘 하루 내내 한숨도 못 잤어. 그러니 고기가 저리 점잖게 있을 때 조금이라도 눈을 붙일 생각을 해야 한다고. 잠을 못자면 머리가 멍해진다니까."

내 머리는 아직 충분히 맑아. 노인이 생각했다. 내 형제인 저 별들만큼이나 말이지. 하지만 그래도 잠을 자야 했다. 별도, 달도, 해도 모두 잠을 자지 않는가. 심지어 바다마저도 해류가 없는 날이면 잠을 자지 않는가.

잠은 꼭 자야만 한다. 노인은 생각했다. 억지로라도 잠을 자야 한다. 그리고 이 낚싯줄을 다룰 좀 더 쉽고 확실한 방법을 찾아야 한다. 만새기도 지금 손질해 놔야 했다. 그리고 잠을 자려면 노를 이렇게 매어 두는 것은 위험해.

자지 않고도 견딜 수 있을 것 같긴 했다. 하지만 그래선 안 됐다.

노인은 아래의 물고기에게 작은 충격도 주지 않게 조심하며 손과 무릎으로 기어서 뱃고물 쪽으로 갔다. 어쩌면 물고기도 반쯤은 졸고 있는지 몰랐다. 하지만 물고기를 쉬게 하고 싶지는 않았다. 죽을 때까지 녀석이 배를 끌었으면 했다.

뱃고물로 돌아온 노인은 몸을 돌려 왼손으로 어깨에 멘 줄을 잡은 채 오른손으로 칼집에서 칼을 뽑았다. 별빛이 밝아지자 만새기를 확실히 볼 수 있었다. 노인은 칼날로 만새기의 머리를 찔러서 뱃고물 밑창에서 끌어올렸다. 한 쪽 발로 몸통을 밟고 꼬리에서 머리까지 길게 몸통을 갈랐다. 노인은 칼을 내려놓고 오른손으로 내장을 빼고, 아가미도 모두 뜯어냈다.

만새기의 위를 만져 보니 묵직하고 미끈했다. 그것을 째어 보니 날치 두 마리가 나왔다. 여전히 싱싱하고 탱탱한 날치들이었다. 노인은 그 둘을 나란히 내려놓고, 만새기의 내장과 아가미는 뱃전 너머로 던졌다. 그것들은 물 위에 인광을 내며 물속으로 가라앉았다. 별빛 아래 비춰진 만새기는 차가웠고, 나병 환자처럼 회백색이었다. 노인은 오른발로 물고기의 머리를 누르고 위쪽 껍질을 벗긴 다음 다시 뒤집어 다른쪽 껍질도 벗겼다. 그리고 머리에서 꼬리까지 살을 바르기 시작했다.

노인은 뼈만 남은 만새기를 뱃전 너머로 던졌다. 물속에서 소용돌이가 이는지 살폈지만, 그저 천천히 가라앉는 빛이 언뜻 비칠 뿐이었다. 노인은 돌아서서 만새기의 살점 사이에 날치 두 마리를 놓고 칼을 칼집에 꽂았다. 그런 다음 이물로 돌아왔다. 그의 오른손에 물고기가 들려 있었다. 낚싯줄의 무게 때문에 노인의 등이 구부정했다.

노인은 판자 위에 만새기 살점 두 쪽을 내려놓고 날치도 옆에 놓았다. 그러고는 어깨에 메고 있던 줄을 옮겨 뱃전을 짚고 있던 왼손으로 그 줄을 옮겨 잡았다. 뱃전에 몸을 기대고 손에 닿는 물의 속도를 가늠하는 동시에 날치를 물에 씻었다. 껍질을 벗기느라 물고기의 비늘이 손에 묻어 있었다. 물결은 확연히 속도가 줄어 있었다. 손을 뱃전 바깥 널빤지에 문질렀더니 인광 가루가 떨어지며 배 뒤쪽으로 천천히 떠내려갔다.

"녀석도 지쳤거나 쉬고 있는 걸 테지. 나도 이제는 이 녀석들을 먹은 다음 쉬면서 눈을 좀 붙여 볼까."

차가운 밤이었다. 노인은 별빛 아래서 아까 가져온 만새기 살점 중 한쪽의 반을 먹었다. 그리고 내장과 머리를 떼어 낸 날치 한 마리도 먹었다.

"만새기는 요리해 먹으면 아주 괜찮은 물고기인데 날로 먹으면 맛이 영 아니야. 앞으로 배를 탈 때는 정말이지 소금이나 라임을 꼭 챙겨야겠군."

사실 머리를 조금만 썼더라면 아까 낮에 바닷물을 뱃전에 뿌려 놓고 말려 소금을 만들 수도 있었다. 하지만 만새기를 낚았을 때는 이미 해가 진 이후였다. 어쨌든 준비성이 부족했던 것은 사실이다. 하지만 생살도 계속 씹으니 역겹지는 않은 듯하군. 노인이 생각했다.

동쪽 하늘로 구름이 몰려오며 곧 별들이 하나씩 사라졌다. 별들이 거대한 구름의 계곡으로 빨려 들어가는 것 같았다. 바람도 멎었다.

"사나흘 후면 날씨가 나빠지겠다. 하지만 오늘이나 내일까지는 괜찮다. 이봐 늙은이, 물고기가 잠잠한 동안 어서 잠을 자 두자고."

노인은 오른손으로 줄을 꽉 쥔 다음 허벅지로 오른손을 누른 채 뱃머리 널빤지에 몸의 무게를 실으며 기댔다. 그리고 어깨 위의 줄을 약간 내려 왼손으로 줄을 꽉 쥐었다.

허벅지가 버티고 있는 한 오른손이 줄을 놓칠 리는 없어. 노인이 생각했다. 만일 잠이 들어 있는 동안 줄이 느슨해졌더라도 줄이 풀리는 순간 왼손이 당겨지며 잠에서 깰 수 있을 테지. 오른손은 왼손보다 좀 더 힘이 들겠지만, 그만큼 더 고통을 참아 내는 데에도 익숙하니 괜찮을 것이다. 한 이삼십 분만이라도 자고 싶었다. 노인은 몸을 앞으로 기울인 채 웅크려 낚싯줄에 기대고, 몸의 무게를 다시 오른손에 의지해 잠이 들었다.

사자 꿈은 꾸지 않았다. 대신 15킬로미터쯤 뻗어 있는 돌고래 떼를 만났다. 한참 교미 철이었는지 공중으로 높이 뛰어올랐다가, 뛰어오를 때 생긴 공간으로 다시 떨어지곤 했다. 마을로 돌아와 자신의 침대에서 자는 꿈도 꾸었다. 북풍이 불고 날씨는 무척이나 추웠으며 베개 대신 팔을 베고 자서인지 오른팔이 저렸다.

그 다음에야 늘 그랬던 것처럼 길게 뻗은 황금빛 해안 꿈을 꿨다. 초저녁에 첫 번째 사자가 바닷가로 내려왔고, 곧 다른 사자들도 뒤따랐다. 노인은 저녁 산들바람을 받으며 정박해 있는 배의 뱃머리 판자에 턱을 괴고 앉아 사자들이 더 나타나는지 기다렸다. 노인은 행복했다.

달이 뜬 지 오래되었지만 노인은 여전히 꿈속을 헤맸다. 바다 속 물고기는 여전히 배를 끌고 가고 있었고, 배는 이제 구름의 터널 속으로 들어서고 있었다.

그때였다. 갑자기 오른손 주먹이 홱 당겨지며 노인의 얼굴을 쳤다. 그리고 오른손이 뜨거워 데일 정도로 줄이 빠르게 풀려나갔다. 노인은 잠에서 깼다. 왼손에는 아직 아무런 감각이 없었다. 노인은 풀리고 있는 줄을 오른손으로 힘껏 당겨보았지만, 줄을 멈추지 못했다. 드디어 왼손으로 줄을 잡았고, 노인은 몸을 뒤로 젖히고 버티었다. 등과 왼손이 동시에 타들어가는 것만 같았다. 곧 왼손에 큰 상처가 생겼다. 노인은 뒤쪽의 낚싯줄 뭉치를 돌아봤다. 부드럽게 풀리고 있었다.

그때였다. 물고기가 바다를 가르며 한번 솟아올랐다가 풍덩하고 떨어졌다. 그러고는 계속해서 다시 솟아오르기 시작했다. 줄은 멈출 줄 모르고 빠르게 풀려나갔다. 배에 속도가 붙었다. 노인은 줄을 계속해서 당겨 보았다. 노인은 어느새 이물 쪽까지 끌려가, 자신이 잘라 놓은 만새기 살점들에 얼굴이 처박힌 채 꿈쩍할 수 없었다.

기다리던 때가 온 것이다. 이제 받아들이기만 하면 된다. 낚싯줄 값을 치르게 해 주마. 그래야 하고말고. 노인이 생각했다.

노인은 지금 물고기가 뛰어오르는 것을 볼 수 없었다. 그저 바닷물을 가르며 고기가 솟아올랐다 떨어질 때 나는 물소리와 물이 튀는 소리만 들을 수 있을 뿐이었다. 낚싯줄이 너무 빨리 풀려나가는 바람에 손에 심한 상처가 났다. 하지만 이런 일은 부지기수였다. 노인은 낚싯줄을 굳은살이 박힌 부분으로 쥐려 노력했다. 그래야 미끄러지거나 손을 베일 확률이 덜했다.

아이가 옆에 있었다면 낚싯줄 뭉치에 물을 적셔 줬을 텐데……. 그래 아이가 여기 있었다면, 그 아이가 여기 있었다면……. 노인이 생각했다.

낚싯줄은 계속해서 풀리고 있었지만, 그 속도는 한결 느려졌다. 노인은 물고기가 낚싯줄을 더 끌어당기도록 내버려 두었다. 노인은 이제야 겨우 배 바닥에서 머리를 들어 짓이겨진 생선의 살점에서 고개를 뗄 수 있었다. 노인은 무릎을 세워 천천히 몸을 일으켰다. 낚싯줄을 천천히 풀었다가 당기기를 반복하며 더듬더듬 낚싯줄 뭉치가 있는 곳으로 가 보았다. 아직 낚싯줄은 충분했다. 이제 물고기는 새로 풀려 나가 물속에서 마찰을 일으키고 있는 그 줄까지 끌어야 할 것이었다.

놈이 서너 번쯤 뛰어올랐으니 등에 있는 공기 주머니에 공기가 가득 찼을 테지. 내가 끌어올릴 수 없을 만큼 깊이 내려갔다 해도 죽을 염려는 없어. 놈이 주위를 돌기 시작하면 어떻게 할 수 있겠지. 헌데 왜 또 갑자기 뛰어올랐을까? 너무 오랫동안 배를 끌어 배가 고파졌는가? 어둠 속에서 어떤 것을 봐서 놀란 것일까? 아니면 갑자기 두려움을 느꼈나? 그렇게도 침착하고 강인하던 녀석이라 무서움 따위는 모를 줄 알았는데⋯⋯. 위풍당당하지 않았는가. 하여튼 이상했다.

"이봐, 늙은이. 쓸데없는 생각 말고 자네나 겁먹지 말고 자신감을 좀 갖지 그래. 놈이 문 낚싯줄을 손에 쥐고 있으면 뭐하나, 당기지도 못하면서. 이제 곧 물고기가 원을 그리며 돌게야."

노인은 다시 왼손과 양어깨로 줄을 지탱한 채 엎드린 다음 오른손으로 바닷물을 떠 올려 얼굴에 붙은 만새기의 짓이겨진 살점들을 씻어 냈다. 노인은 뱃전 너머로 오른손을 물속에 담가 보았다. 해가 뜨려 하고 있었다. 노인은 해가 떠오르는 것을 바라보며 짠 바닷물에 그렇게 손을 담근 채 잠시 있었다. 물고기가 동쪽으로 향하는 것을 알 수 있었다. 이것은 물고기가 지친 나머지 해류를 타고 있다는 뜻이었다. 놈은 곧 원을 그리며 돌게 될 것이다. 그리고 그때가 되면 우리의 본 결투가 시작되리라.

노인은 오른손을 바닷물에 충분히 오래 담가 놓았다고 생각되자 손을 물에서 꺼내 살펴보았다.

"나쁘지 않아. 사내라면 아픔쯤이야 뭔 상관이란 말인가." 노인이 말했다.

노인은 새로 난 상처에 낚싯줄이 닿지 않게 조심하며 다시 줄을 고쳐 쥐었다. 그리고 이번에는 왼손을 반대쪽 뱃전으로 내밀어 물에 담갔다.

"이런 걸 당할 만큼 가치 있는 일이었어. 하지만 너는 종종 필요할 때 그리 도움이 못되지."

노인이 왼손에게 중얼거렸다.

어째서 양손잡이로 태어나지 못했을까? 그동안 왼손을 훈련시키지 않은 내가 잘못한 거지. 훈련 시킬 기회도 여러 번 있었다. 간밤에 한 번 쥐가 나긴 했어도 그리 힘들지는 않았다. 어쨌든 한 번만 더 쥐가 난다면 네 녀석이 낚싯줄에 잘려 나간데도 내버려 둘 것이다.

이런 생각을 하던 노인은 자신의 머릿속이 그리 맑지 않다는 것을 깨달았다. 노인은 만새기를 좀 더 먹어야겠다고 생각했다. 하지만 영양을 보충하려고 머리가 처박혔던 만새기의 살점을 먹는다면 구역질이 나 오히려 기운이 더 빠질 것 같았다. 그러느니 차라리 머리가 좀 멍한 편이 낫지. 상하기 전에만 먹으면 될 것이야. 이제 와서 뭔가를 먹는다고 힘이 난다거나 하지는 않을 거야. 참, 이런. 나는 참 아둔하기도 하지. 날치 한 마리가 남아 있었는데. 노인은 그것을 먹어야겠다고 생각했다.

날치는 말끔히 손질해 놓았었다. 노인은 왼손으로 날치를 잡고 뼈까지 조심조심 씹어 먹은 다음, 꼬리까지도 전부 먹었다.

날치는 영양분이 많은 생선이지. 필요한 힘을 낼 수 있을 거다. 이제 준비는 끝났다. 물고기가 회전을 하도록 유도해 싸움을 시작해 볼까나. 노인이 생각했다.

하늘에서 노인이 바다에 나온 후 세 번째로 새로운 해가 솟아오르고 있었다. 물고기는 이제 원을 그리며 헤엄치기 시작했다.

낚싯줄의 경사로만 봐서는 물고기가 회전을 시작했는지 알 수 없었다. 하지만 노인은 물고기가 줄을 끄는 힘이 조금 약해진 것을 느꼈다. 노인은 오른손을 이용해 조심스럽게 줄을 당기기 시작했다. 줄은 여전히 팽팽했지만 노인은 끊어지기 직전까지 조금 더 당겨 올렸다. 노인은 양어깨와 머리를 줄 아래로 굽히고 조심스럽게 줄을 당겼다. 달리기의 도약 자세를 취한 채 양손으로 줄을 맞잡고 온 힘을 다해 버티며 줄을 최대한 많이 끌어당겼다. 줄을 당기는 버팀목은 오직 노인의 늙어 빠진 다리와 어깨뿐이었다.

"크게 도는군. 어쨌든 돌고 있는 것임에는 틀림이 없다."

노인이 말했다.

줄은 더 이상 끌려오지 않았다. 노인은 햇빛 아래 낚싯줄에 물방울들이 구슬처럼 튕길 정도로 팽팽하게 줄을 잡아당겼다. 하지만 노인은 곧 줄을 물속으로 풀어 줄 수밖에 없었다.

"배에서 아주 먼 부분을 돌고 있는 중이야."

노인이 말했다.

노인은 그래도 최대한 줄을 당기고 있어야겠다고 생각했다. 계속 당기고 있으면 회전할 때마다 거리가 줄어들 것이다. 한 시간쯤 후에는 그 거대한 물고기를 다시 보게 될지도 모르겠지? 이제는 네가 고통 받을 차례란다, 물고기야.

물고기는 천천히 회전을 계속했다. 두 시간이 지났다. 노인의 몸이 땀으로 흠뻑 젖었다. 뼛속까지 고통이 밀려왔다. 하지만 원의 크기가 훨씬 줄어들었고, 낚싯줄의 기울기로 봤을 때 물고기가 많이 위로 올라왔다는 사실을 알 수 있었다.

한 시간쯤 전부터 노인의 눈앞에 검은 반점들이 보이기 시작했다. 땀이 흘러들어간 눈동자는 따가웠고, 눈과 이마에 난 생채기들로 쓰라려 왔다. 눈앞에 어른거리던 검은 반점을 크게 걱정하지는 않았다. 낚싯줄을 당기느라 힘을 좀 많이 쓸 때면 으레 나타나는 현상이었다. 그것보다는 심한 현기증이 두 번 일었다는 것이 더 걱정스러웠다.

"이런 대어를 눈앞에 두고 죽을 수는 없지."

노인이 말했다.

"신이시여. 이만큼 왔습니다. 제발 제 몸이 견디게 해 주십시오. 주기도문과 성모송을 백 번씩 외우겠습니다. 지금은 못 하지만요."

제발 한 번만 도와주십시오. 꼭 외우겠습니다. 노인은 마음속으로도 다짐했다.

바로 그때였다. 양손으로 잡고 있던 줄이 갑자기 팽팽히 당겨졌다. 날카롭고 강하며 무거운 힘이었다.

놈이 철사 낚싯줄을 제 작살 같은 주둥이로 치고 있는 거다. 그래야만 했겠지. 곧 물 위로 솟아오를지도 모르겠군. 지금은 그냥 계속 돌아 주는 것이 좋은데. 공기를 채우려 뛰어오르기도 하겠지만, 그러면 낚싯바늘의 상처가 벌어지며 갑자기 바늘이 빠질지도 모른다. 노인은 생각했다.

"뛰오르지 마라, 물고기야. 안 돼."

노인이 말했다.

그 후로도 물고기는 몇 번이나 더 낚싯줄을 쳤다. 물고기가 머리를 움직일 때마다 노인은 줄을 조금씩 풀어 주었다.

물고기가 고통을 천천히 느끼도록 해야만 한다. 나는 스스로 고통을 참아 낼 수 있지만, 물고기는 여기에서 조금만 더 고통스러워도 갑자기 날뛸지 모른다. 노인이 생각했다.

물고기는 잠시 후 철사 낚싯줄을 치다 말고 다시 당기기 시작했다. 노인도 이때는 쉬지 않고 연신 줄을 잡아당겼다. 또다시 정신이 아득해지며 현기증이 일었다. 노인은 왼손으로 바닷물을 퍼서 머리를 적셨다. 몇 번을 더 그렇게 했다. 그리고 손으로 목도 문질러 주었다.

"쥐가 나지 않은 게 어딘가."

노인이 말했다.

"곧 물고기가 올라올지 모른다. 나는 할 수 있다. 나는 할 수 있어. 두말할 것도 없지."

노인은 뱃머리에 몸을 의지하고 무릎을 꿇었다. 그리고 잠시 줄을 등 뒤로 넘겨 걸쳐 놓았다. 물고기가 원의 먼 쪽을 돌고 있을 때 조금 쉬어 준 다음 가까운 쪽을 돌 때 힘껏 싸우려는 계산이었다.

뱃머리에 앉아 쉬는 동안만큼은 낚싯줄을 당기지 않고 물고기가 혼자 회전하도록 내버려 두고 싶었다. 하지만 물고기가 배 쪽으로 다가왔음을 느끼자마자 노인은 벌떡 몸을 일으켜 두 팔로 열심히 줄을 끌어당겼다. 마치 베를 짜듯이 말이다.

물고기를 잡는 것이 이렇게 힘들었던 적은 한 번도 없었건만. 노인이 생각했다. 바람이 불고 있구나. 이 바람은 물고기를 배 쪽으로 끌어오는 데 도움이 될 거야. 노인이 생각했다.

"놈이 회전을 하러 바깥쪽으로 움직일 때마다 쉬도록 하자."

노인이 말했다.

"기분이 한결 낫구나. 두세 번 정도만 더 돌면 잡을 수 있겠다."

노인의 밀짚모자는 머리 뒤쪽으로 넘어가 있었다. 노인은 물고기가 바깥으로 방향을 트는 것을 느끼자마자 갑판에 주저앉았다.

열심이구나, 물고기야. 하지만 다음번에 돌아올 땐 내가 너를 잡을 것이다. 노인이 생각했다.

파도가 높았다. 하지만 좋은 날씨를 예고하는 미풍 때문에 나타나는 현상이었고, 무사히 집으로 돌아가려면 꼭 필요한 바람이기도 했다.

"서남쪽으로만 가면 된다. 그렇지. 사내가 바다에서 길을 잃는 법은 없지. 게다가 쿠바는 아주 긴 섬이지 않나."

노인이 물고기를 본 것은 물고기가 세 바퀴를 돌던 때였다. 처음에는 배 밑을 지나는 물고기의 시커먼 그림자가 보였다. 노인은 그 거대한 크기가 믿기지 않았다.

"저렇게 클 리가 없는데."

노인이 말했다.

하지만 물고기는 실제로 그만한 크기였다. 마침내 물고기는 회전을 멈췄다. 배에서 30미터쯤 떨어진 물 위로 솟아오르고 있었다. 물고기의 꼬리가 수면 위에 드러났다. 큰 낫의 날보다도 더 길고 뾰족했다. 검푸른 물속으로 보이는 물고기는 연한 보랏빛을 띠고 있었다. 꼬리는 이내 뒤로 기울어졌다. 노인은 그제야 물고기를 제대로 볼 수 있었다. 거대한 몸에 자줏빛 줄무늬가 있었고, 등지느러미는 누워 있었는데 가슴지느러미는 양 옆으로 활짝 펴져 있었다.

노인은 물고기의 눈도 보았다. 그리고 그 물고기 주위를 헤엄치고 있는 회색 빨판상어 두 마리도 보았다. 상어들이 그 물고기 옆에 다가섰다 멀어졌다를 반복하며 헤엄치고 있었다. 때로는 그 물고기 아래를 유유히 헤엄치기도 했다. 두 마리 모두 1미터 이상 되는 크기였다. 상어들은 빠르게 헤엄칠 때면 꼭 뱀장어처럼 움직였다.

노인은 땀을 흘리고 있었다. 태양 때문만은 아니었다. 물고기는 침착했다. 물고기가 회전을 할 때마다 노인은 줄을 잡아당겼다. 물고기가 점점 배 쪽으로 다가오고 있었고, 노인은 물고기가 조금만 더 가까워지면 바로 작살을 꽂으리라 생각하고 있었다. 아주 바짝 끌어당겨야만 했다. 물고기의 머리가 아닌 심장에 작살을 꽂아야 했다.

"이봐 늙은이, 침착하자고. 그리고 기운을 더 내 봐."

노인이 말했다.

물고기는 예상대로 다시 배 주위를 돌 때 등을 수면 밖으로 내밀었다. 하지만 작살로 찌르기에는 거리가 너무 멀었다. 그 다음 회전 때도 마찬가지였다. 물 밖으로 몸을 더 많이 드러냈기 때문에 노인은 줄을 조금만 더 당기면 물고기를 배 옆으로 끌어올 수 있을 것이라 확신했다.

작살은 이미 오래 전부터 준비하고 있었다. 작살에 매단 가는 밧줄은 잘 감아 바구니 안에 담아 두었고 그 끝은 뱃머리의 말뚝에 매어 두었다.

물고기는 자신의 아름다운 몸을 한껏 뽐내며 천천히 다가왔다. 큰 꼬리가 바닷물을 갈랐다. 노인은 물고기를 최대한 배 가까이 끌어오려고 온 힘을 다했다. 물고기는 배를 드러내며 옆으로 약간 뒤집어지려 했다. 하지만 곧 몸을 똑바로 세우고 다음 회전을 시작했다.

"내가 저 놈을 움직였어. 내가 저 놈을 움직였어."

노인이 말했다.

또 한 번 현기증이 일었으나 낚싯줄은 놓치지 않았다. 내가 저 놈을 움직였다. 노인은 생각했다. 어쩌면 이번에는 저 놈을 끝장낼 수 있지 않을까. 손아, 끌어라. 노인이 생각했다. 다리야, 버텨 다오. 거의 다 끝났다. 머리야, 이제 마지막이야. 노인은 이번에는 반드시 물고기를 끌어올리리라 다짐하고 또 다짐했다.

하지만 온 힘을 다해 물고기를 끌어당기려 했을 때 갑자기 물고기가 다시 자세를 잡으며 헤엄치기 시작했다. 물고기는 그렇게 배에서 점점 멀어져 갔다.

"물고기야, 너는 어차피 죽게 되어 있지 않느냐. 나마저 죽여야겠니?"

노인이 말했다.

이래봤자 아무 소용도 없는 것을. 노인이 생각했다. 입이 말라 이제 더 이상 소리 내 말할 수도 없었고, 물통이 있는 곳까지 걸어갈 힘은 더더구나 없었다. 이번에는 반드시 뱃전 옆으로 나란히 붙여 놓아야 한다. 이렇게 계속 회전만 한다면 내가 나가떨어지고 말 거야. 노인이 생각했다. 아니다, 아니야. 괜찮을 거다.

물고기가 다음 번 회전을 할 때 노인은 물고기를 거의 잡을 뻔했다. 하지만 물고기는 다시 자세를 바로잡고 헤엄쳐 나갔다.

네가 진정 날 죽일 셈이구나, 물고기야. 노인이 생각했다. 하지만 이해한다. 나는 여태껏 너처럼 크고 아름답고 침착하며 위엄 있는 물고기를 본 적이 없다. 네가 나를 죽인다 해도 괜찮을지 모르겠구나. 나의 형제여, 어서 와 나를 죽이렴. 이제 아무 상관없다.

정신이 혼미해지고 있다. 노인이 생각했다. 머리를 맑게 해야 한다. 사나이답게 고통을 견뎌 내야 한다. 아니면 저 물고기 정도만이라도 말이다. 노인이 생각했다.

"정신 차려라, 이놈의 머리. 정신 차려."

노인이 거의 들리지 않는 목소리로 스스로를 야단쳤다.

물고기는 그 후로 두 번 더 배 주위를 돌았다. 하지만 달라진 것은 없었다.

이젠 나도 모르겠다. 노인이 생각했다. 낚싯줄을 당길 때마다 노인은 정신이 혼미해져 기절할 정도였다. 이젠 정말 모르겠다. 하지만 한 번만 더 해 보자.

노인은 한 번 더 힘을 냈다. 물고기가 한 번 기우뚱했는데, 그 순간 노인도 정신이 아득해졌다. 하지만 결국 똑같았다. 물고기는 다시 균형을 잡고 자신의 거대한 꼬리를 저으며 물살을 헤치고 나갔다.

딱 한 번만 더 해 보자. 노인은 모든 고통과 마지막 남은 힘과 오랫동안 잊고 있었던 먼 옛날의 자존심을 모두 끌어모았다. 물고기의 고통과 맞설 것이다. 마침내 물고기가 다가오다 옆으로 뒤집어졌다. 그리고 옆으로 누운 채 가만히 헤엄치며 주둥이가 뱃전에 거의 닿을 정도로 가까이 왔다. 물고기는 자신의 길고 넓고 거대한 은빛 몸과 자줏빛 줄무늬를 드러낸 채 물속을 헤엄치고 있었다.

노인은 낚싯줄을 내려놓고 발로 밟았다. 그러고는 작살을 최대한 높이 쳐든 다음 없던 힘까지 짜내, 자신의 가슴 높이만큼 물 밖으로 솟아 나와 있는 물고기의 거대한 가슴지느러미 바로 뒤 옆구리에 내리꽂았다. 작살의 쇠끝이 살을 뚫고 들어가는 느낌이 전해져 왔다. 노인은 작살에 몸의 무게를 더 싣고 좀 더 깊이 찔러 넣었다. 그리고 다시 온몸의 무게를 실어 더 깊숙이 박아 넣었다.

죽음을 마주하게 된 물고기는 마지막 생명을 다해 자신의 엄청난 길이와 넓이 그리고 모든 힘과 아름다움을 한껏 드러내며 수면 위로 솟구쳐 올랐다. 그 순간 물고기는 배에 탄 노인의 머리 위 공중에 매달려 있는 것처럼 보였다. 물고기는 바로 물속으로 다시 철썩 떨어졌다. 노인과 배 위로 한바탕 물보라가 일었다.

노인은 현기증이 일었다. 구역질이 났고 앞도 제대로 보이지 않았다. 하지만 작살 줄을 엉키지 않도록 잘 정리해서 살갗이 벗겨진 두 손 사이로 천천히 풀어 주었다. 잠시 후 앞이 다시 보이게 되었을 때, 노인의 눈앞에 은빛 배를 드러낸 채 떠 있는 물고기의 모습이 드러났다. 작살 자루가 물고기의 어깨 쪽에 비스듬히 꽂혀 삐져나와 있었다. 주변 바다는 물고기의 심장에서 흘러나오는 피로 온통 핏빛이었다. 처음에 피는 1500미터 이상 깊이의 바다 속 물고기 떼처럼 검게 보였는데,

곧 구름처럼 퍼져 나갔다. 물고기는 은빛을 반짝이며 잠자코 물 위에 떠 있었다.

노인은 짧은 순간에 물고기를 자세히 보았다. 그러고는 작살 줄을 뱃머리 말뚝에 두 번 감고 머리를 숙여 두 손으로 그것을 감쌌다.

"정신 차려라."

노인이 뱃머리 판자에 기댄 채 스스로에게 말했다.

"난 지칠 대로 지친 늙은이다. 하지만 나는 내 형제인 저 물고기를 해치웠다. 이제부터 해야 할 일이 산더미다."

이제 놈을 배 옆으로 길게 묶을 올가미와 밧줄을 준비해야 한다. 만일 사람이 두 명이 있다면 배를 수면까지 잠기게 해놓고 놈을 실은 후 물을 퍼내 배를 다시 떠오르게 하는 방법이 있겠지만 그렇다고 해도 이놈은 너무나 크다. 혼자 모든 걸 준비한 다음 놈을 끌어와 배 옆에 묶는 것이 상책이다. 그리고 돛대를 세워 돛을 달고 집으로 돌아갈 것이다. 노인이 생각했다.

노인은 물고기를 뱃전과 나란히 놓으려고 끌기 시작했다. 밧줄을 아가미 쪽으로 넣고 주둥이 쪽으로 빼내 머리를 뱃머리에 매야만 했다. 놈을 자세히 보고 싶다. 노인이 생각했다. 손으로 만지고 느껴보고 싶다. 놈이 내 재산이라서가 아니야. 심장은 작살 자루를 두 번째로 찔러 박을 때 느껴 보았지. 자,

어서 놈을 끌어와 머리를 붙들어 맨 다음 꼬리와 몸통 중간에 올가미를 씌워 배에 단단히 동여매자.

"어서 일을 시작하세, 늙은이. 싸움이 끝났으니 이제 다른 할 일이 많아."

노인이 물을 한 모금 마시고 말했다.

노인은 하늘을 한번 쳐다보고 물고기를 바라보았다. 그리고 태양을 자세히 살폈다. 정오가 지난 지 얼마 되지 않았어. 무역풍이 불고 있었다. 낚싯줄은 이제 상관없다. 집에 가서 아이와 함께 이어붙이면 되니 말이다. 노인이 생각했다.

"이리 오렴, 물고기야."

노인이 말했다. 하지만 물고기는 오지 않았다. 물고기는 저쪽 바다 위에 둥둥 떠 누워 있었다. 노인은 배를 저어 물고기에게 갔다. 물고기 머리를 뱃머리에 끌어다 놓고 나란히 떠 있게 했다. 노인은 물고기의 어마어마한 크기에 놀랐다. 노인은 뱃머리의 말뚝에서 작살 줄을 풀었다. 그리고 그걸 아가미에 넣고 아래쪽으로 뺐다. 그러고는 뾰족하고 기다란 주둥이에 감은 다음 다른 쪽 아가미로 통과시켜 빼냈다. 그리고 주둥이에 다시 한 번 감았다. 노인은 그렇게 두 겹으로 겹친 밧줄을 꽉 묶어 뱃머리 말뚝에 맨 다음 밧줄을 끊어 고물로 가 물고기의 꼬리에 올가미를 씌워 묶었다. 처음에는 자줏빛과 은빛이 섞여 있던 물고기가 이제는 그냥 은빛으로 바뀌어 있었다.

줄무늬도 이제 꼬리와 같은 연보랏빛을 띨 뿐이었다. 줄무늬의 폭은 어른의 손 한 뼘보다도 더 넓어 보였다. 물고기의 눈은 잠망경의 반사경처럼 혹은 인파 속 성자의 눈빛처럼 아무런 표정이 없었다.

"그게 죽일 수 있는 유일한 방법이었어."

노인이 말했다. 물을 마시자 기분이 한결 나아졌다. 이제는 더 이상 정신을 잃지 않으리라. 머리도 맑았다. 저 정도라면 700킬로그램도 넘게 나가겠어. 노인이 생각했다. 어쩌면 훨씬 더 나갈지도 몰랐다. 내장 따위를 빼면 삼분의 이 정도⋯⋯. 그리고 그것을 킬로그램 당 65센트씩 받는다면?

"계산하려면 연필이 필요하겠다. 암산까지 될 정도로 정신이 맑지는 않은가 보군. 하지만 위대한 디마지오도 나의 오늘을 자랑스럽게 생각할 거야. 발뒤꿈치 뼈 돌기 같은 건 나지 않았지만 두 손과 등은 그야말로 지옥이었으니."

뼈 돌기란 게 대체 어떨지 너무나도 궁금하군. 어쩌면 우리도 그런 것을 가지고 있는데 그저 넘기는 것 아닌가 몰라.

노인은 물고기를 뱃머리와 고물과 배의 중간 가로장에 각각 단단히 묶었다. 물고기가 너무 커 원래 배보다 더 큰 배 하나를 옆에 매어 놓은 것 같았다. 노인은 밧줄을 약간 잘라 물고기의 아래턱을 뾰족한 주둥이에다 매 두었다. 물고기의 주둥이가 벌어지지 않게 하고, 배가 쉽게 잘 나가도록 하기 위함이었다. 이제 노인은 돛대를 세웠다. 여기저기 기운 돛이 위 활대 구실을 하는 막대기와 아래 활대에 묶여 짱짱하게 펼쳐졌다. 배가 움직이기 시작했다. 노인은 고물에 반쯤 누웠다. 남서쪽을 향해 항해를 시작했다.

노인은 나침반이 없어도 어느 쪽이 남서쪽인지 알 수 있었다. 무역풍을 느끼며 돛을 짱짱하게 펼치는 것이 노인이 할 일의 전부였다. 가는 길에 낚싯줄에 가짜 미끼라도 달아 뭔가 먹을 것을 낚는 게 좋겠다. 수분 섭취를 위해 물도 마셔야지. 노인은 생각했다. 하지만 가짜 미끼로 삼을 만한 것을 찾지 못했다. 정어리는 이미 상해 버렸다. 노인은 배 옆을 쓰윽 지나가는 누런 모자반 해초 무더기를 갈고리로 걷어 올렸다. 그것들을 한번 터니 그 속에 있던 작은 새우들이 바닥으로 떨어졌다. 열두 마리쯤 되는 새우들은 모래벼룩처럼 팔딱거리며 움직였다. 노인은 엄지와 집게손가락을 사용해 새우 머리를 비틀어 떼어 낸 뒤 껍질과 꼬리까지 모두 씹어 먹었다. 작은 새우긴 해도 영양분을 많이 가지고 있었다. 맛도 좋았다.

물병에 아직 두 모금 정도의 물이 남아 있었기 때문에 새우를 다 먹은 노인은 그 물을 반 모금 정도 마셨다. 배는 이만한 무게를 싣고 있는 상황치고는 꽤 순항하는 편이었다. 노인은 키 손잡이를 겨드랑이에 끼고 방향을 잡았다. 바로 옆으로 물고기가 보였다. 두 손을 보아도 알 수 있고, 등을 고물에 대어 보아도 느낄 수 있었다. 이 모든 게 꿈은 아니었다. 물고기와의 결투가 막바지에 이르렀을 때는 너무나 고통스러운 나머지이 모든 게 꿈일지도 모른다고 생각했다. 물고기가 솟아올랐다 물속으로 떨어지기 직전 허공에 정지해 있을 때는 뭔가 굉장한 일이 벌어지고 있다는 생각이 들었다. 그때는 눈도 잘 보이지 않아서였는지 그 광경이 쉬이 믿겨지지 않았다. 시력은이제 원래대로 돌아와 있었다.

물고기는 이제 자신의 옆에 있었다. 손과 등의 아픔도 그대로였다. 꿈이 아니었다. 손의 상처는 빨리 아무니까. 노인이생각했다. 피가 멈췄으니 소금물에 담가 놓으면 금세 나을 것이다. 깊은 바닷물은 우리 같은 어부들에겐 특효지. 내가 해야할 일은 그저 정신을 맑게 유지하는 일뿐이다. 손은 제 할 일을 다했고, 배 또한 순항하고 있다.

물고기는 주둥이를 다문 채 꼬리만 위아래로 왔다 갔다 움직이고 있을 뿐이었다. 노인은 물고기와 형제처럼 바다를 항해했다. 정신이 조금씩 아득해져 왔기 때문에 노인은 얼른 다른 생각을 했다. 물고기가 나를 데리고 가는 것인가 아니면 내가 물고기를 데리고 가는 것인가. 내가 물고기를 뒤에 매달았거나 물고기를 배에 실어 놓았다면 이런 생각이 들지는 않을텐데. 하지만 둘은 지금 나란히 가고 있어서 자꾸만 이런 생각이 들었다. 물고기가 원한다면 나를 데리고 가도 상관없지. 내가 저 물고기보다 나은 것은 꾀를 쓸 줄 안다는 것이고, 사실 물고기가 나를 해치지도 않을 테니 말이다.

그들은 순조롭게 항해했고 노인은 바닷물에 손을 담그며 정신을 맑게 유지하려 애썼다. 하늘에 높이 뜬 뭉게구름으로 보아 밤새도록 미풍이 불 것이었다. 노인은 자신이 이 거대한 물고기를 잡았다는 것을 확인하려고 물고기를 바라보고 또 바라보았다. 첫 번째 상어가 공격해 온 것은 그로부터 한 시간 후였다.

상어의 공격은 우연이 아니었다. 물고기의 검붉은 피가 1500미터도 넘는 깊은 바다 속으로 퍼졌으니 상어들이 그 냄새를 맡은 것은 당연한 이치였다. 상어는 피를 따라 정신없이 올라오다 푸른 바닷물을 뚫고 햇빛에 갑작스레 노출되는 바람에 놀라 다시 바다 속으로 들어가기도 하면서, 배와 물고기가 지나온 길을 뒤쫓기 시작했다.

상어는 이따금씩 냄새를 놓치기도 했지만 곧 다시 찾아내거나 흔적을 포착한 듯싶었다. 그럴 때면 더 맹렬하고 빠르게 뒤쫓았을 것이다. 청상아리*였다. 바다에서 가장 빠르고 덩치가 큰 상어였다. 흉악한 주둥이를 뺀다면 매우 아름다운 물고기이기도 했다. 등이 황새치처럼 푸른빛이었고 배는 은빛이며 매끄럽고 멋진 물고기였다. 속력을 내 헤엄칠 때 주둥이를 다

---

*악상어과의 바닷물고기로 몸이 길고 날렵하며 활동적이다.

물고 있다면 황새치와 구분하기가 어려울 것이다. 상어는 해수면 바로 아래서 높은 등지느러미를 빳빳이 세운 채 무섭게 노인의 배를 쫓았다. 그 등지느러미가 물길을 갈랐다. 꼭 다문 주둥이 속의 이빨은 다른 상어들과 달랐다. 피라미드형이 아닌, 여덟 줄의 이빨이 모두 안으로 굽어 마치 매의 발톱 모양을 하고 있었다. 이빨 또한 노인의 손가락만큼 길었고 양쪽 끝이 면도날처럼 날카로웠다. 그 이빨로 바다에 사는 그 어떤 것이라도 잡아먹을 수 있었으리라. 바로 그 무시무시한 상어가 신선한 피 냄새를 맡고 그들을 쫓아온 것이다.

노인은 상어가 오는 모습을 보고 그 상어가 두려운 것이 없으며 원하는 것을 마음 내키는 대로 할 것임을 한눈에 알아봤다. 노인은 상어의 움직임을 예의주시하며 작살에 밧줄을 단단히 묶었다. 잡은 물고기를 매느라 밧줄은 얼마 남아 있지 않았다.

정신은 이제 또렷해졌다. 노인은 굳은 결의로 가득 차 있었지만 희망은 많지 않아 보였다. 이대로 끝날 수는 없지. 노인은 상어와 배에 달아 놓은 물고기를 번갈아 보며 이것이 차라리 꿈이라면 좋겠다고 생각했다. 상어가 공격하는 것은 어쩔 수 없지만, 어쩌면 그놈도 잡을 수 있을지 모른다는 희망이 있었다. 덴투소*, 이 망할 놈의 자식 같으니라고. 노인이 생각했

---

*스페인 어로 큰 이빨을 가진 사나운 상어를 일컫는 말.

다.

상어는 빠르게 뱃고물 가까이로 다가왔다. 상어가 물고기를 공격하는 순간, 노인은 상어의 벌어진 주둥이와 광기 어린 눈빛을 보았다. 상어는 꼬리 바로 위쪽의 살점을 물어뜯었다. 상어의 머리가 잠시 물 밖으로 모습을 비췄다. 노인은 상어의 머리통을 겨누었다. 상어의 눈 사이에 난 줄무늬와 코에서부터 시작된 줄무늬가 만나는 지점에 작살이 꽂혔다. 상어의 가죽과 살이 찢겨지는 소리가 들렸다. 하지만 노인에게는 크고 날카로운 상어의 머리와 큰 눈, 거친 이빨이 있는 주둥이가 보일 뿐이었다. 바로 그곳이 상어의 뇌가 있는 곳이었다. 노인은 온 힘을 다 해 피투성이가 된 손으로 작살을 내리꽂았다. 희망은 없었다. 하지만 굳은 결의와 불타는 증오를 품고 상어를 공격했다.

상어는 몸이 뒤집히며 나가떨어졌다. 노인은 놈의 눈에서 생기가 사라진 것을 보았다. 상어는 해수면에서 다시 한 번 뒤집혔고, 밧줄이 상어의 몸을 두 번이나 휘감게 되었다.

노인은 상어가 죽었다는 사실을 알았지만, 상어는 그 사실을 받아들이려 하지 않는 것 같았다. 상어는 뒤집힌 상태에서도 꼬리로 물을 내리치고 연신 주둥이를 철컥거리며 물살을 헤치고 헤엄쳤다. 꼭 경주용 보트처럼 말이다. 상어 꼬리가 부린 난동으로 해수면에 하얀 물보라가 일었다. 곧 밧줄이 팽팽해지고 부르르 떨다 뚝 하고 끊어졌다. 그러면서 상어의 몸뚱이가 해수면 위로 거의 다 드러났다. 상어는 잠시 그렇게 수면 위에 떠 있었다. 노인도 움직이지 않고 상어를 지켜보았다. 상어는 천천히 가라앉기 시작했다.

"20킬로그램은 족히 뜯어 먹고 갔네."

노인이 말했다.

작살과 밧줄도 모두 함께 가라앉게 만들었고. 노인이 생각했다. 내 물고기는 아직도 피를 흘리고 있다. 언제든 다른 놈들이 또 나타날지 몰라.

노인은 더 이상 물고기를 볼 수 없었다. 물고기의 살점이 뜯길 때면 마치 자신의 살점이 뜯기는 듯 아팠다.

하지만 내 물고기를 먹은 상어를 내가 해치웠다. 내가 본 것 중 가장 큰 덴투소였어. 그렇지, 나는 큰 놈들을 많이 다뤄봤지.

오래 누리기에는 너무 큰 행복이었던 건가. 노인은 온 힘을 다해 물고기를 잡는 일조차 꿈이었으면 좋겠다고 생각했다. 신문지를 깔고 침대에 누워 있는 편이 좋았을 터였다.

"인간은 패배하지 않는다."

노인이 말했다.

"인간은 파괴될 수는 있어도 패배하지는 않아."

물고기를 죽이지 말았어야 했다고 노인은 생각했다. 이제 더 큰 어려움이 닥칠지도 모르는데 작살도 없이 뭘 어찌 한단 말인가. 덴투소는 대게 잔인하고 힘이 세며 영리했다. 하지만 내가 그 상어보다 더 영리했지. 내가 더 영리한 것이 아니라 다만 그놈보다 무기가 더 많았던 거라면 좋지 않은데. 노인이 생각했다.

"그런 건 그만 생각하고 상어가 나타나면 그때 또 맞서면 돼."

하지만 생각을 해야 해. 내가 할 수 있는 것은 그것 하나이니. 그리고 야구도. 위대한 디마지오가 내가 상어의 머리통을 찌르던 순간을 봤다면 어떻게 생각했을까? 그리 대단한 것은 아니긴 했지만. 사실 누구나 할 수 있는 일이긴 하지. 하지만 내 손이 뒤꿈치 뼈가 아픈 만큼이나 불리한 조건이었을까? 그건 알 수가 없지. 옛날에 헤엄을 치다 가오리에게 물린 적이 있었는데 하반신 마비가 오고 극심한 통증이 왔지. 그때 말고는 뒤꿈치가 아파 봤던 적은 없어.

"에잇, 이 늙은이야. 기왕이면 좀 즐거운 일을 생각할 것이지, 하필이면 그런 생각을 하다니."

노인이 소리 내 말했다.

노인은 나름대로 계산을 하기 시작했다. 집에 가까워지고 있었다. 물고기 살점 중 일부가 떨어져 나갔으니 배는 더 가벼이 달리고 있었다.

배가 해류 안쪽에 이르게 되면 어찌 되리라는 것을 노인은 알고 있었다. 하지만 지금으로선 아무것도 할 수 없었다.

"아니지. 방법이 있지. 노 끝머리에 칼을 묶어 달면 되지 않나."

노인은 키 손잡이를 겨드랑이에 끼고, 발로 아딧줄*을 밟고 칼을 노 끝에 묶었다.

"자, 여전히 늙은이이긴 하지만 무기는 있지 않은가."

노인이 말했다.

바람이 계속 불었고, 배도 순항하고 있었다. 노인은 물고기의 앞부분만 바라보았다. 희망이 조금 되살아났다.

희망을 갖지 않는 것은 어리석은 짓이야. 노인이 생각했다. 어리석을 뿐만 아니라 죄악이다. 죄에 대해서는 생각하지 말자. 죄 말고도 지금 생각해야 하는 문제들이 많아. 게다가 죄에 대해서는 아는 것도 없다. 정말이지 죄에 대해서는 아는 것이 하나도 없다. 게다가 내가 죄라는 것을 믿는지조차 확신할 수 없었다. 저 물고기를 죽인 것은 어쩌면 죄였는지 모른다. 내가 살기 위해 그리고 많은 사람들을 먹이기 위해 그랬다 치더라도 죄는 죄가 아닐까? 하지만 그렇게 따진다면 이 세상에 죄가 아닌 게 없을 것이었다. 어쨌든 지금은 죄를 생각할 때가 아니다. 이제 와 그런 생각을 하는 것은 너무 늦었다. 돈을 받

---

*풍향에 따라 돛의 방향을 조절하는 데 쓰는 밧줄.

고 죄에 대해 생각하는 사람들은 또 따로 있다. 죄에 대해서는 그런 사람들이 생각하는 것이다. 물고기가 물고기로 태어났듯 나는 어부로 태어났다. 성베드로도, 디마지오의 아버지도 어부였다.

노인은 자신과 관련된 여러 가지 것들을 즐겨 생각했다. 읽을거리도 없었고 라디오도 없었다. 그는 많은 생각을 했다. 죄에 대해서도 계속 이런저런 생각이 들었다. 내가 저 물고기를 죽인 건 단지 살아남거나 먹거리로 팔기 위해서만은 아니었다. 나의 자존심을 위해 그리고 어부이기 때문에 저 물고기를 죽였다. 저 물고기가 살아 있을 적 놈을 사랑했고, 죽은 뒤에도 사랑했다. 놈을 사랑한다면 죽이는 건 죄가 아닐 테지. 아니다. 오히려 죄보다 더한 죄가 되는 것일까?

"이보게, 늙은이. 자넨 너무 생각이 많군."

노인이 소리 내 말했다.

하지만 난 저 덴투소 놈을 죽이고 즐거워했다. 노인은 계속 생각했다. 그놈도 나처럼 살아 있는 물고기를 먹고 산다. 썩은 고기를 주워 먹지도 않고 다른 상어들처럼 먹을 거에만 눈이 먼 놈도 아니지. 아름답고 고고하며 두려움을 모르는 놈이었다.

"놈을 죽인 것은 정당방위였다!"

노인이 갑자기 외쳤다.

"그리고 아주 멋지게 죽이지 않았는가."

세상의 모든 것은 어쨌든 서로 죽고 죽이며 살아가고 있지 않나. 고기잡이는 나를 살리기도 하고 죽이기도 하지. 아니다. 날 살리는 것은 그 아이다. 자꾸 스스로를 합리화 시키지 마라. 노인이 생각했다.

노인은 뱃전으로 몸을 굽혀 상어가 물어뜯은 부분의 살점을 한 점 떼어 내 그것을 씹으며 고기의 질과 맛을 보았다. 육지의 동물처럼 살이 단단하고 육즙이 많았지만 붉지 않았고 힘줄도 없었다. 시장에서 최고의 값을 받을 것이다. 하지만 피냄새는 물속으로 계속 퍼져 나가고 있었고, 노인은 다른 방도가 없었다. 불길한 예감이 들었다.

바람은 계속해서 부드럽게 불어 주었다. 방향이 동북쪽으로 살짝 틀어졌는데, 그것은 바람이 약해지지 않을 것을 의미했다. 노인은 앞을 내다보았다. 다른 배의 돛이나 선체는 아직 보이지 않았다. 심지어 배에서 피어오르는 연기 같은 것도 없었다. 그저 뱃머리 쪽에서 이쪽저쪽으로 뛰어 날아다니는 날치들과 누런 모자반 해초 더미가 보일 뿐이었다. 새도 한 마리 보이지 않았다.

두 시간 정도 항해를 했을 때였다. 노인은 고물에 기대 쉬며 이따금 청새치의 살점을 씹으며 휴식을 취하고 기운을 차리는 중이었다. 그때 노인은 상어 한 마리를 보았다. 두 마리의 상어 중 앞에 오던 놈이었다.

"아아!"

노인은 소리쳤다. 못이 자신의 손을 뚫고 나무에 박힐 때나 지를 수 있는 그런 비명 소리가 터져 나왔다.

"갈라노*야!"

노인이 외쳤다. 첫 번째 놈 바로 뒤에 따르고 있던 두 번째 상어의 등지느러미도 보였다. 노인은 그것의 갈색 삼각형 지느러미와 커다란 꼬리의 움직임을 보고 놈들이 삽날코 상어** 라는 것을 알아차렸다. 피 냄새를 맡아 흥분한 상태였다. 노인은 아딧줄을 단단히 묶고 키 손잡이를 고정 시킨 다음 칼을 매어 놓은 노를 집어 들었다. 손이 아파 제대로 들 수 없었지만, 노인은 최대한 노를 쳐들었다. 그러고는 노를 잡은 두 손을 가볍게 쥐었다 폈다 반복하며 손을 풀었다. 노인은 고통을 참으리라 다짐하며 양손으로 노를 꽉 움켜쥐었다. 다가오는 상어를 정면으로 바라보았다. 상어의 넙적하고 평평하며 삽처럼 뾰족한 머리가 보였다. 가슴지느러미는 끝이 희고 넓었다. 혐오스럽게 생긴 물고기였다. 삽날코 상어는 가리지 않고 먹는 놈들이었다. 살아 있는 고기든 죽어 썩어 있는 고기든 가리지 않았다. 굶주렸을 땐 노나 키까지도 먹으려 덤벼드는 놈들

---

*스페인 어로, 상어 종류의 하나.
**코가 삽처럼 생겼다고 붙여진 이름. 장완흉상어.

이었다. 바다거북이 수면에 떠서 자고 있을 때 녀석들의 발과 다리를 뜯어먹는 놈들도 이놈들이었다. 굶주렸을 때는 물속의 사람까지 공격했다.

"아아!"

노인이 외쳤다.

"이 갈라노 놈들! 어서 덤벼라, 이 갈라노 놈들아!"

첫 번째 놈이 덤벼들기 시작했다. 하지만 아까 그 청상아리처럼 덤벼들지는 않았다. 한 놈이 몸을 쓱 돌리더니 배 밑으로 사라져 버렸다. 그리고 곧 달려들어 물고기를 물어뜯었다. 배가 요동쳤다. 나머지 한 놈이 가늘고 긴 누런 눈으로 노인을 바라봤다. 그러더니 반원형의 아가리를 크게 벌려 홱 하고 물고기에게 달려들었다. 한번 뜯긴 그 자리를 다시 물어뜯었다. 갈색 정수리에서 놈의 뇌가 척추와 만나는 뒤통수까지 선명한 줄무늬가 나 있었다. 노인은 노에 묶인 칼을 이용해 상어의 줄 부분을 찔렀다. 그리고 이어서 고양이의 눈 같은 그 누런 눈을 향해 칼을 내리꽂았다. 상어는 물고 있던 물고기에서 떨어져 나갔고 살점을 입에 문 채 그렇게 죽어갔다.

다른 놈은 여전히 배 밑에서 물고기를 뜯어먹고 있었다. 배의 흔들림도 여전했다. 노인은 뱃전을 돌려 상어가 위로 나오도록 해야 했다. 노인은 아딧줄을 풀어 배를 옆으로 돌렸다. 상어가 보이자 노인은 뱃전 너머로 몸을 기울여 놈을 향해 칼을 내리꽂았다. 하지만 살만 찢어졌을 뿐 깊이 찌르진 못했다. 힘을 주어 찌르느라 두 손과 어깨에 통증이 밀려왔다. 상어는 곧 수면 위로 올라와 머리를 내밀었고, 놈이 코를 물 밖으로 드러내 놓고 물고기를 물었을 때 노인은 평평한 대가리의 윗면 가운데를 찔렀다. 다시 칼을 뺐다 똑같은 자리에 한 번 더 내리꽂았다. 놈은 여전히 물고기의 살에 주둥이를 박은 채 놓지 않았다. 노인은 상어의 왼쪽 눈을 찔렀다. 하지만 상어는 여전히 떨어져 나갈 줄을 몰랐다.

"아직도?"

노인은 이번에는 온 힘을 다해 상어의 척추와 뇌 사이에 칼을 꽂았다. 칼은 쉽게 쑥 들어갔다. 상어의 연골이 쪼개지는 게 느껴졌다. 노인은 노를 거꾸로 잡고 상어의 입을 벌리기 위해 노깃을 놈의 이빨 사이로 밀어 넣은 다음 노를 비틀었다. 상어는 떨어져 나갔다.

"죽어라, 갈라노 녀석! 1500미터 깊이 가라앉아라! 가서 네 친구인지 어미인지를 만나라!"

노인이 외쳤다. 노인은 칼을 닦고 노를 내려놓았다. 아딧줄을 다시 잡고 돛에 바람이 차게 했다. 배는 다시 제 방향을 찾아 움직이기 시작했다.

"물고기의 4분의 1이나 먹어 버렸어. 그것도 제일 맛있는 부분을 말이야."

노인이 말했다.

"모든 게 꿈이라면, 저 물고기를 낚은 것부터 아예 꿈이었으면! 미안하다, 물고기야. 애당초 너를 낚은 것이 잘못이구나……."

노인이 말했다.

이제는 정말로 물고기를 볼 수가 없었다. 물고기는 너무 많은 피를 흘린 데다 물에 씻겨 나가고 불어 터져 거울 뒷면의 탁한 은색을 띠었다. 그래도 줄무늬는 남아 있었다.

"이렇게 멀리까지 나오지를 말아야 했거늘. 너나 나를 위해 그 편이 좋았을 것을……. 미안하다, 물고기야."

노인이 말했다.

이제 칼을 묶은 줄을 살펴봐야지. 끊어진 곳은 없는지 말이야. 이 손도 좀 어떻게 해야 할 텐데. 더 많은 놈들이 몰려올 테니……. 노인이 자신에게 말했다.

"칼을 갈 숫돌이 좀 필요한데. 숫돌을 갖고 왔어야 했는데."

노인은 노 끝에 묶어 놓은 부분을 확인하며 말했다. 필요한 것이 한두 가지가 아니었다. 이봐 늙은이, 어차피 안 가지고 나온 것을 지금 생각해 봤자 무엇 하나. 그저 있는 걸로 방법을 찾아야지. 노인이 생각했다.

"여기서 참 많은 것을 배웠다!"

노인이 큰 소리로 외쳤다.

"하지만 이젠 그것도 지쳤어……."

노인은 이렇게 말하며 키를 겨드랑이에 낀 채 손을 물속에 담갔다.

"놈들이 얼마나 많이 뜯어 먹었는지 배가 이렇게나 가벼워졌어!"

노인이 말했다.

물어뜯긴 물고기의 아랫부분에 대해서는 생각하고 싶지도 않았다. 상어가 쿵쿵거릴 때마다 물고기의 살이 뜯겨 나갔다는 것을 알고 있었다. 그리고 지금 그것이 큰 도로처럼 흔적을 남겨 놓아 바다의 모든 상어들이 몰려오리라는 것도 잘 알고 있었다.

이 물고기만 있으면 사람 하나가 겨우내 편히 지낼 수 있었을 것이다. 노인이 생각했다. 됐다, 이제 그런 건 생각하지 말자. 그저 쉬며 손이나 회복시켜 놓자. 남아 있는 것이라도 지켜 내야 한다. 지금 내 손에서 나는 피 냄새는 바다에 온통 퍼진 물고기 피 냄새에 비하면 아무것도 아니다. 손에서 피가 많이 나지는 않아. 심한 상처도 아니다. 게다가 왼손이 피를 흘렸으니 더 이상 쥐도 나지 않을 것이다. 노인이 생각했다.

무슨 생각을 해 볼까? 노인은 궁리했다. 하지만 아무것도 찾지 못했다. 그저 머리를 비우고 다음 상어들을 기다리기로 했다. 아, 이 모든 게 꿈이라면 얼마나 좋을까. 노인이 생각했다. 하지만 그 누가 아는가, 일이 잘 풀릴 수도 있다.

　다음에 나타난 상어도 삽날코 상어였다. 하지만 이번엔 한 마리였다. 달려드는 모양새가 마치 여물통에 덤벼는 돼지 같았다. 사람 머리가 들어갈 만큼 큰 주둥이를 가진 돼지가 있다면 말이다. 노인은 놈이 물고기에게 접근하도록 내버려 두었다. 그리고 노 끝에 묶은 칼을 놈의 머리에 꽂았다. 하지만 상어는 몸을 홱 빼며 뒤집었다. 칼이 부러졌다.

　노인은 정신을 차리고 키를 조종하기 시작했다. 커다란 상어가 물속으로 천천히 가라앉고 있었지만 노인은 보지 않았다. 몸 전체가 길게 드러났다 점점 작아지며 마침내 점이 되어 사라지는 그 광경을 노인은 언제나 황홀한 기분으로 바라보곤 했다. 하지만 지금은 그러고 싶지 않았다.

　"내겐 아직 작살이 있어. 별 소용없겠지만. 아직 노가 두 개에, 키 손잡이 그리고 짧은 몽둥이도 하나 있으니……. 괜찮겠지."

　결국 내가 놈들에게 진 것인가. 몽둥이로 상어를 잡기에는 나는 너무 늙었다. 하지만 노와 몽둥이와 키 손잡이……. 이런 것들이 있으니 끝까지 한번 해 봐야 하지 않겠나. 노인이 생각했다.

　노인은 다시 두 손을 바닷물에 담갔다. 이제 늦은 오후가 되었다. 여전히 보이는 것은 바다와 하늘뿐이었고, 바람은 아까보다 조금 더 세진 것 같았다. 곧 육지가 보이리라. 노인은 희망을 품었다.

"이봐 늙은이, 자네는 이제 지쳤어. 마음까지 말이야."

또 한 번 상어의 공격이 있었다. 해가 지기 직전이었다.

노인은 물고기가 바다에 남긴 넓은 흔적을 따라 갈색 지느러미들이 따라오는 것을 보았다. 이리저리 헤매는 것도 없이 그들은 머리를 배 쪽으로 똑바로 향한 채 나란히 헤엄쳐 다가오고 있었다.

노인은 키 손잡이를 고정시켰다. 그러고는 아딧줄을 묶어맨 다음 고물 밑으로 손을 뻗어 몽둥이를 집어 들었다. 부러진 노의 손잡이를 톱으로 잘라 만든 몽둥이였다. 길이는 75센티미터쯤 되었고, 손잡이 부분의 모양이 한손으로도 쥐고 사용할 수 있도록 만들어졌다. 노인은 오른손 손가락을 천천히 구부려 몽둥이를 단단히 쥐었다. 갈라노 상어 두 마리였다.

첫 번째 놈이 물고기에게 달려들어 물 때까지 기다렸다 코끝이나 머리 맨 윗부분을 한방에 내려쳐야 한다. 노인은 생각했다.

두 마리의 상어는 함께 접근했다. 더 앞쪽에 오던 놈이 주둥이를 벌린 채 물고기의 은빛 옆구리로 머리를 들이밀었다. 바로 그때 노인은 몽둥이를 높이 치켜들었다. 그리고 놈의 너부데데한 정수리를 힘껏 내리쳤다. 몽둥이가 닿는 순간 고무

질의 탄력감이 느껴졌고, 동시에 뼈의 딱딱함이 전해졌다.

상어가 물고기에게서 떨어져 나갈 때 노인은 한 번 더 코끝을 향해 몽둥이를 휘둘렀다.

다른 상어는 그동안 물속을 들락날락하고 있었는데, 주둥이를 크게 벌린 채 달려들어 물고기를 덮쳤다. 놈이 물고기를 물고 입을 다물었을 때, 노인은 놈의 주둥이 한쪽으로 삐져나온 물고기의 살점을 보았다. 노인은 놈을 향해 몽둥이를 휘둘렀다. 하지만 머리를 쳤을 뿐 별 다른 이득이 없었다. 상어는 노인을 쳐다보았다. 그리고 물고 있던 고기 조각을 뜯어 낸 다음 삼켰다. 노인은 놈이 물고기에서 떨어지기 직전 다시 한 번 가격했다. 하지만 놈의 무겁고 단단한 고무질의 살만 쳤을 뿐이었다.

"덤벼라, 이 갈라노 놈! 한 번 더 덤벼 보아라!"

상어가 돌진했다. 노인은 한 번 더 몽둥이를 최대한 높이 들어 힘껏 내리쳤다. 뇌 뒷부분 뼈에 부딪친 느낌이 들었다. 노인은 같은 자리를 한 번 더 내리쳤다. 상어는 살점을 물고 슬금슬금 물고기에게서 떨어져 나갔다.

노인은 상어가 다시 덤벼들까 지켜보고 있었지만 두 놈 다 보이지 않았다. 잠시 후 한 놈이 수면 위로 떠올랐는데 원을 그리며 헤엄치고 있었다. 나머지 한 놈은 여전히 보이지 않았다.

놈들을 죽이기엔 무리가 있었지. 노인은 생각했다. 젊었을 때라면 또 모르겠다. 하지만 두 놈 모두 큰 상처를 입었다. 몽둥이를 두 손으로 사용할 수만 있었다면 첫 번째 놈은 확실히 죽일 수 있었겠지만. 나도 이젠 늙었지.

노인은 물고기를 보지 않았다. 이미 절반이나 뜯겨 나갔다는 것을 잘 알고 있었다. 그렇게 상어와 싸우는 동안 해가 졌다.

"금세 어두워질 거야. 그러면 아바나의 붉은 빛을 볼 수 있겠지. 동쪽으로 멀리 왔다면 새로 다른 해안의 불빛이라도 볼 수 있을 것이고."

이제 그리 멀지 않다. 나를 걱정하는 사람이 없었으면 좋겠는데. 물론 그 아이밖에 걱정하지 않겠지만. 그 애는 나를 믿고 있겠지. 그래도 늙은 어부들 중에는 나를 걱정하는 사람들이 있겠지. 좋은 이웃들이니. 노인은 생각했다.

물고기가 너무 심하게 상처를 입는 바람에 노인은 더 이상 물고기와 대화를 할 수도 없었다. 그러다 문득 무슨 생각이 떠올랐다.

"반쪽 물고기야,"

노인이 말했다.

"물고기였던 물고기야. 내가 너무 멀리 나온 게 한탄스럽구나. 내가 우리 둘 모두를 망쳤다. 하지만 우린 함께 많은 상어를 죽이거나 박살 내지 않았느냐? 물고기야, 넌 이제까지 얼마나 많은 물고기들을 죽였니? 네 머리에 달린 그 창 같은 주둥이도 다 이유가 있어서 달려 있는 게 아니니?"

　노인은 그 물고기가 자유롭게 헤엄칠 수 있었다면 상어를 어떻게 상대했을까 상상했다. 즐거운 일이었다. 그러고 보니 물고기 주둥이를 잘라 그걸로 상어 놈들과 싸울 수도 있었을 텐데. 하지만 그것을 자를 손도끼도, 칼도 없었다. 그런 게 있었다면 분명 훌륭한 무기가 되었을 것이다. 물고기 주둥이를 노 끝에 달아서 사용했겠지. 그랬다면 물고기와 나, 둘이 함께 상어와 맞서 싸우는 셈이었을 텐데. 그나저나……. 밤중에 상어들이 달려들면 어찌한다?

　"싸울 것이다. 죽을 때까지 싸울 것이다."

　노인이 말했다.

　날이 어두워졌음에도 불구하고 그 어디에서도 불빛은 찾아볼 수 없었다. 노인 앞에는 여전히 팽팽한 돛과 바람뿐이었다. 노인은 자신이 혹시 이미 죽은 것이 아닌가 하는 느낌마저 들었다. 노인은 두 손을 모아 손바닥을 마주 댔다. 아직 죽지 않았다. 그저 손을 오므렸다 폈을 뿐인데도 고통이 느껴졌다. 노인은 살아 있었다. 이번에는 등을 고물에 기대 보았다. 고통스런 어깨가 자신이 죽지 않았다는 것을 말해 주었다.

　노인은 물고기를 잡으면 기도문을 외우겠다고 했던 약속을 기억해 냈다. 하지만 지금 그것을 외우기엔 너무나 지쳤다. 부대를 찾아 어깨를 덮어 놔야겠다. 노인이 생각했다.

노인은 고물에 누웠다. 키를 잡아 조종하며 아바나의 붉은 빛이 보이지 않는지 주시했다. 물고기가 아직 반은 남아 있으니. 그가 생각했다. 운이 좋다면 앞쪽의 반은 남았을지 몰라. 내게 행운이 있다면. 아니다, 이미 멀리 나왔을 때 행운을 저버렸을 터였다.

"어리석기는. 정신 차리고 키나 잘 조종해. 아직 행운이 꽤 남아 있을 거다."

노인이 말했다.

"행운을 파는 곳이 있다면 조금 사고 싶군."

노인이 말했다.

하지만 무엇으로 산단 말인가? 잃어버린 작살과 부러진 칼과 망가진 두 손뿐인데, 무엇으로 산단 말인가. 노인이 자신에게 물었다.

"그래도 살 수 있을지 몰라. 바다에서 84일이란 값을 치르며 행운을 사려 했지. 그리고 거의 살 수도 있었다."

노인이 말했다.

쓸데없는 생각은 집어치우자. 행운이란 여러 모습으로 찾아온다. 아무도 그걸 알아볼 재간이 없어. 노인이 생각했다. 그래도 어떤 행운이든 조금이라도 얻고 싶군. 대가를 지불하더라도 말이지. 아…… 아바나의 붉은 빛이 보이면 좋으련만.

나는 왜 이렇게 생각이 많은가? 어쨌든 내가 지금 당장 바라는 것은 불빛이다. 노인은 생각했다.

노인은 좀 더 편하게 키를 조종할 수 있도록 자세를 바꾸려 했다. 몸에 고통이 느껴졌다. 노인은 자신이 죽지 않았음을 다시 한 번 확인했다.

밤 열 시쯤이었을 것이다. 노인은 하늘 위로 선명히 반사된 아바나의 불빛을 만났다. 달이 뜨기 전 하늘에 나타나는 희미한 빛처럼 언뜻 비쳤지만, 그 빛은 점점 또렷해졌다. 점점 더 거세지는 바람에 파도가 이는 바다 너머로 그 불빛은 점점 더 확실하게 보이고 있었다. 노인은 배가 불빛을 향해 계속해서 갈 수 있도록 키를 조종했다. 이제 곧 멕시코 만류의 안쪽으로 들어가게 될 것이다.

하지만 모든 것이 끝났다. 노인이 생각했다. 상어들은 분명 다시 공격해 올 텐데, 무기도 없이 이 어둠 속에서 어떻게 놈들과 싸운단 말인가.

온 몸이 뻣뻣이 굳어 왔고 통증도 심해졌다. 생채기가 난 곳들과 힘을 썼던 부분들이 찬 밤공기에 더욱 아파왔다. 또 다시 싸우고 싶지 않다. 또 다시 싸우고 싶지 않아. 노인은 생각 했다.

하지만 깊은 밤에 노인은 또 한 번 싸워야 했다. 이번에는 싸워봤자 소용이 없었다. 상어 떼가 몰려왔다. 물살을 가르며 다가오는 놈들의 지느러미와 물고기를 덮칠 때 뿜어내는 인광 밖에는 보이는 것이 없었다. 노인은 놈들의 머리를 향해 몽둥이질을 해 댔지만 놈들의 주둥이가 물고기의 살을 무는 소리가 들려왔고, 배 밑에서 공격하는 놈들 때문에 배가 요란하게 요동쳤다. 오직 소리와 느낌만으로 이리저리 몽둥이를 내리쳤는데, 갑자기 무언가가 몽둥이를 낚아채는 것 같았다. 그렇게 노인은 몽둥이마저 잃었다.

노인은 키의 손잡이를 빼들었다. 그리고 그것을 양손으로 움켜쥔 채 이리저리 휘둘러 보았다. 하지만 놈들은 어느새 뱃머리까지 다가와 있었다. 때론 한 놈이, 때로는 여러 놈이 물고기의 살을 열심히 뜯었다. 그놈들이 다시 한 번 공격해 오기 직전, 노인은 바다 밑에서 물고기의 살점들이 허옇게 떨어져 빛나는 것을 보았다.

한 놈이 물고기의 머리를 노리고 달려들었다. 끝이라는 것을 알았다. 노인은 키 손잡이로 상어의 대가리를 내리쳤다. 놈은 주둥이로 물고기의 머리를 문 채 있었는데, 노인은 한 번, 두 번, 세 번 놈을 내리쳤다. 키 손잡이가 부러지는 소리가 들렸다. 노인은 그 부러진 끝으로 상어를 찔렀다. 손잡이가 상어의 살을 뚫고 들어가는 느낌이 전해져 왔다. 손잡이의 끝이 꽤 날카롭다는 사실을 깨달은 노인은 한 번 더 찔러 넣었다. 상어는 물고 있던 머리를 놓고 떨어져 나갔다. 상어들 중 마지막 놈이었다. 머리 외에는 더 이상 먹을 게 없었던 것이다.

노인은 숨을 쉴 수가 없었다. 입 안에서 이상한 맛이 느껴졌다. 구리 맛이 나고 달짝지근하기도 했다. 노인은 두려웠다. 노인은 입 안에 있는 것을 바다로 뱉었다.

"이거나 먹어라, 갈라노 놈들아. 사람 죽인 꿈이나 꿔라."

노인은 완전히 졌다. 더 이상의 기회가 남아 있지 않다는 것도 알고 있었다. 노인은 고물로 돌아가서 들쭉날쭉 부러진 키의 손잡이 끝을 살펴보았다. 손잡이는 배 방향을 조종할 수는 있을 만큼 키의 구멍에 잘 맞았다. 노인은 어깨에 다시 자루를 둘렀다. 그러고는 배를 원래 방향으로 되돌려 놓았다. 배는 훨씬 더 가볍게 나갔다. 노인은 아무런 생각도 하지 않았고, 그 어떤 느낌도 느끼지 않았다. 이제 모든 것은 부질없었다. 그저 집이 있는 항구에 어서 돌아갈 수 있도록 배를 몰 뿐이었다. 식탁에 남은 빵부스러기를 주워 먹으려는 사람마냥 또 한 번 상어들이 뼈만 남은 물고기를 공격해 왔다. 노인은 이제 상어를 신경 쓰지 않았다. 키를 조종하는 것 말고는 아무것도 신경 쓰지 않았다. 지금 그가 느끼는 것은 배가 얼마나 가볍느냐 그리고 얼마나 잘 나아가느냐 하는 것뿐이었다.

배는 괜찮아. 노인이 생각했다. 키 손잡이 말고는 모두 온전해. 키 손잡이야 바꿔 달면 된다. 노인이 생각했다.

배가 해류의 안쪽으로 들어왔다는 것을 느낄 수 있었다. 해안선을 따라 늘어선 마을의 불빛들이 보였다. 노인은 자신이 지금 어디쯤에 도착했는지 알았다. 집으로 돌아가는 것은 이제 아무것도 아니었다.

바람만큼은 어쨌든 내 편이었지. 노인이 생각했다. 항상은 아니었지만. 노인이 덧붙였다. 친구도 있고 저 넓은 바다도 친구지. 그리고 침대도. 그래, 침대는 내 친구야. 그저 침대면 된다. 노인이 생각했다. 침대에 눕는다면 얼마나 좋을까. 싸움에 진 뒤에는 침대에 눕는 것만큼 좋은 것이 없지. 노인이 생각했다. 침대가 얼마나 편한 곳인지를 나는 왜 이제야 깨달았을까. 그런데 나는 누구에게 진 것이지? 노인이 생각했다.

"그 무엇도 아니다. 난 그저 너무 멀리 나갔을 뿐이다."

노인은 작은 항구로 들어섰다. 테라스의 불빛은 꺼져 있었다. 모두 잠자리에 들었을 것이다. 바람은 더 강하게 불었지만 항구 안 만큼은 잠잠했다. 노인은 바위 아래쪽 좁은 자갈밭으로 배를 몰았다. 도와줄 사람이 없었기 때문에 노인은 최대한 위로 배를 댔다. 배에서 내리고 바위에 배를 맸다.

돛대를 빼서 돛을 감아 묶었다. 돛대를 어깨에 들쳐 메고 언덕을 올랐다. 자신이 얼마나 심하게 지쳤는지 온몸으로 느껴졌다. 노인은 잠시 걸음을 멈추고 뒤를 돌아보았다. 물에 반사된 가로등 빛을 통해 물고기의 커다란 꼬리가 배의 고물 뒤로 솟아올라 있었다. 허옇게 드러난 등뼈와 주둥이가 뾰족하게 튀어나온 까맣고 커다란 머리도 보였다.

노인은 다시 걸음을 옮겼다. 언덕 꼭대기에 다다라 그는 그대로 쓰러졌다. 돛대를 어깨에 멘 채 그는 얼마 동안 그렇게 누워 있었다. 일어나기에는 너무 힘이 없었다. 노인은 돛대를 어깨에 들쳐 멘 채 그렇게 주저앉아 길을 바라보았다. 고양이 한 마리가 바쁘게 지나쳐갔다. 노인은 고양이를 바라보았다. 그러고는 다시 길을 바라봤다.

결국 돛대를 땅에 내려놓고 몸을 일으켰다. 돛대를 다시 들쳐 메고 길을 올랐다. 그렇게 집에 도착할 때까지 다섯 번을 주저앉아 쉬어야만 했다.

판잣집에 도착한 노인은 돛대를 벽에 세워 놓고, 어둠 속에서 물병을 찾아내 한 모금 마셨다. 그리고 침대에 가 누웠다. 담요를 끌어 와 어깨를 덮었다. 등과 두 다리까지 모두 덮었다. 엎드린 다음 얼굴을 신문지에 대고, 양팔을 밖으로 뻗고 손바닥은 위로 향한 채 잠이 들었다.

아침에 소년이 판잣집 문을 열고 안을 들여다보았을 때 노인은 여전히 잠들어 있었다. 바람이 심해 큰 어선들도 바다에 나가지 않은 날이었다. 소년은 늦잠을 자고, 아침마다 그랬듯 노인을 찾아 집에 들러 보았던 것이다. 소년은 노인 곁으로 다가가 그가 숨을 쉬고 있는지 확인했다. 노인의 두 손을 발견한 소년은 울기 시작했다. 커피를 가져와야겠단 생각이 든 소년은 조용히 집을 나왔다. 길을 따라 내려가며 소년은 소리 내 울었다.

어부들이 노인의 배 주위에 모여 구경하고 있었다. 한 사내 는 물속에 들어가 줄자로 물고기의 남은 뼈 길이를 재고 있었 다. 소년은 내려가지 않았다. 이미 가 보았던 것이다. 어부 하 나가 소년 대신 배의 뒤처리를 하고 있었다.

"노인은 어떠시니?"

어부들 중 하나가 소리쳤다.

"아직 주무세요."

소년이 소리쳤다. 어부들이 자신을 보고 있었지만 소년은 울음을 멈출 수 없었다.

"할아버지 깨우지 마세요."

소년이 말했다.

"코에서 꼬리까지 5.5미터나 된다."

물고기를 재고 있던 어부가 소리쳤다.

"아마 그럴 거예요."

소년이 대답했다.

소년은 테라스로 갔다. 커피를 주문했다.

"뜨겁게 해 주세요. 우유와 설탕도 듬뿍 넣어 주세요."

"다른 것은?"

"아뇨. 이따 할아버지가 드실 것을 생각해 올게요."

"어마어마하더구나. 그런 물고기는 한 번도 본 적이 없어. 어제 네가 잡은 두 마리도 물론 훌륭했다."

주인이 말했다.

"제가 잡은 건 물고기도 아니에요."

소년이 다시 울기 시작했다.

"너도 뭘 좀 줄까?"

주인이 물었다.

"괜찮아요. 사람들한테 산티아고 할아버지를 귀찮게 하지 말라고 전해 주세요. 다시 올게요, 아저씨."

소년이 말했다.

"내가 마음 쓰고 있다고 전해 주거라."

"네, 아저씨."

소년은 뜨거운 커피가 든 통을 조심조심 들고 노인의 판잣집으로 갔다. 소년은 노인이 깰 때까지 곁에서 기다렸다. 노인은 한 번 잠에서 깰 듯했지만 다시 잠에 빠져들었다. 소년은 조용히 밖으로 나와서 길 건너편에서 나무를 얻었고 식어 버린 커피를 따뜻하게 데웠다.

마침내 노인이 깨어났다.

"그냥 누워 계세요."

소년이 말했다.

"이걸 좀 드세요, 할아버지."

소년이 잔에 커피를 조금 따라주며 말했다. 노인은 커피를 받아 마셨다.

"마놀린, 놈들에게 졌단다. 완전히 지고 말았어."

노인이 말했다.

"하지만 물고기한테는 지지 않았잖아요. 할아버지가 잡아 오신 놈 말예요."

"그래, 그건 그렇다. 내가 진 건 그 뒤의 일이지."

"페드리코 아저씨가 배와 도구들을 정리하고 있어요. 물고기 머리는 어떻게 하는 게 좋을까요?"

"페트리코에게 잘게 토막 내 물고기 덫에 쓰라고 해라."

"주둥이는요? 그 창 같이 긴……."

"가지고 싶으면 네가 갖거라."

"네, 가질래요. 이제 우리 다른 계획을 세워요."

"사람들이 나를 찾았니?"

"당연하죠. 해안 경비대하고 비행기까지 동원해서……."

"바다는 무척이나 넓고 배는 작으니, 찾기 힘들었겠지."

노인이 말했다.

노인은 자기 자신과 바다만을 상대로 이야기하다가 이제 진짜 이야기를 나눌 상대가 있다는 사실을 깨달았다. 얼마나 즐거운 일인가.

"네가 보고 싶었다."

노인이 말했다.

"그동안 많이 잡았니?"

"첫째 날은 한 마리, 둘째 날에도 한 마리 그리고 셋째 날은 두 마리 잡았어요."

"장하구나."

"이제 고기 잡으러 저와 나가요."

"아니다. 나는 운이 없다. 운이 따르지 않는 사람이야."

"운이라니, 그런 소리 마세요. 운은 제가 가져오면 돼요."

소년이 말했다.

"너희 부모님들이 뭐라 하시겠니."

"상관없어요. 어제 두 마리를 잡았지만 아직 많이 배우고 싶어요. 그러니 저와 함께 나가요."

"좋은 고기잡이용 작살을 하나 구해 배에 늘 가지고 다녀야 한다. 창날은 낡은 포드 자동차에서 떨어져 나오는 금속 날을 구해 만들면 될 거다. 과나바코아*에 가서 갈아 오면 된다. 아주 날카롭게 말이다. 부러지기 쉬우니 또 너무 많이 벼리는 것도 좋지는 않아. 내 칼은 부러졌다."

"제가 칼을 구해 올게요. 날도 잘 갈아서요. 그런데 이 강한 브리사 바람은 며칠이나 더 불까요?"

"아마 사흘은 더 갈게다. 어쩌면 더 오래 갈지도 모르겠다."

---

*아바나 만 근처에 있는 쿠바의 도시.

"제가 모두 준비할게요. 할아버지는 손이나 잘 치료하세요."

소년이 말했다.

"손이 낫는 법은 잘 안다. 그런데 말이다, 밤중에 뭔가 이상한 게 목에서 나왔는데, 가슴께 어디가 부러진 것 같은 느낌이구나."

"그것도 치료해야겠네요. 어서 누우세요, 할아버지. 제가 깨끗한 셔츠를 가져다 드릴게요. 식사도요."

"참, 내가 나가 있던 동안의 신문이 있으면 좀 가져다주겠니?"

노인이 말했다.

"앞으로 할아버지께 배울 게 많아요. 제게 다 가르쳐 주셔야 하니 빨리 나으셔야 해요. 얼마나 고생이 많으셨어요."

"고생이 많았지."

노인이 말했다.

"어쨌든 식사랑 신문을 가져올게요. 푹 주무시고 계세요. 약국에 들러 손에 바를 약도 구해 올 거예요."

"페드리코에게 물고기 대가리를 가지라고도 꼭 말하거라."

"네, 그럴게요."

소년은 문 밖으로 나왔다. 반질반질하게 닳은 산호석길을 따라 내려오며 소년은 다시 울었다.

그날 오후, 테라스에 관광객 일행이 도착했다. 빈 맥주 깡

통과 죽은 창고치 고기들 사이로 바다를 내려다보던 한 여인이 거대한 꼬리를 달고 있는 아주 큰 허연 등뼈를 보았다. 항구 어귀 밖에서는 동풍이 끊임없이 파도를 만들어 내고 있었다. 등뼈는 물결을 따라 이리저리 흔들리며 떠 있었다.

"저것은 뭔가요?"

여인이 종업원에게 물었다. 그녀가 가리키는 것은 해류에 쓸려 나가기만을 기다리고 있는, 이제는 쓰레기가 된 커다란 물고기의 기다란 등뼈였다.

"티뷰론입니다. 상어의 한 종류죠."

웨이터는 나름 있었던 일을 설명해 주려고 했다.

"상어가 저렇게 멋지고 아름다운 꼬리를 가지고 있었다니."

여인이 말했다.

"그러게 말이야."

여인과 함께 온 남자가 말했다.

길 위쪽 판잣집에서 노인은 잠에 빠져들고 있었다. 여전히 엎드린 채였다. 소년은 옆에 앉아 그를 지켰다. 노인은 사자 꿈을 꾸고 있었다.

인간과 자연을 향한 무한한 사랑

"내가 평생 갈망했던 그 무언가를 찾아낸 것만 같다." 미국 문학의 수장인 어니스트 헤밍웨이가 자신의 작품 『노인과 바다』를 두고 했던 말이다. 『노인과 바다』는 헤밍웨이에게 퓰리처상과 노벨 문학상을 안겨준 작품이었으며, 헤밍웨이 문학의 총 결산이자 미국 현대문학의 골조로 꼽힌다.

헤밍웨이가 살던 시절(제1차 세계대전과 화려했던 재즈 시대, 대공황 그리고 제2차 세계대전으로 이어진 시기.), 세계는 특히 미국은 범인간적인 문제에 대해 깊이 생각하기 시작했다. 어떤 욕심을 채우고, 무언가를 만들어 내고, 누군가를 이기거나 해치기보다는 인간이라는 광범위하며 본질적인 존재에 마음과 관심을 돌리기 시작했던 것이다. 그리고 이 과정의 최전선에 이름만으로도 위대한 작가 헤밍웨이가 서 있었다.

헤밍웨이는 '한 노인이 무리하게 고기잡이를 나갔다 숱한 죽을 고비들을 넘기고 극적으로 살아나 겨우 돌아왔다.'는 짧고 단순한 이야기를 통해 크게 다음의 두 가지를 이야기했다. 바로 인간과 인간의 삶이다. 그리고 이것을 인간의 '범애주의'와 '극기주의', 즉 '세상의 모든 것을 사랑하고 존중하며 우리의 형제로 받아들이는 마음'과 '생애의 모든 상황들을 담담하고 담대하게 받아들여 이겨 내는 과정'을 통해 보여 주었다.

인간과 자연에 대한 무한한 사랑

미국 문학사에 헤밍웨이가 운명적인 것처럼 『노인과 바다』 역시 운명적으로 탄생했다. 헤밍웨이는 삶을 살아가며 인간의 나약함과 숭고함 그리고 인간의 약점과 장점, 한계와 가능성을 조금씩 깨달아가고 있었다. 사람들이 얼마나 돈을 좇아 살아왔는지, 얼마나 많은 욕심을 냈는지, 또 그 욕심이 얼마나 허망하게 무너졌는지를 보아온 것이다. 헤밍웨이가 살았던 시대의 미국은 혼란과 격변이 가득했다. 일명 '잃어버린 세대'의 한가운데를 통과하고 있던 헤밍웨이가 가장 찾고 싶었던 것은 인간의 존재, 그 본질이었다. 그리하여 헤밍웨이는 지독하게도 인간적인 산티아고를 창조해 냈다.

산티아고는 인간이기에 늙고 나약하며 한계에 부딪치지만, 마찬가지로 인간이기에 용감하고 강인하며 불가능할 것 같았던 일들을 이뤄 냈다. 산티아고는 인간의 모든 것을 담고 있는 인물이었다. 그리고 바다처럼 깊었던 헤밍웨이의 인간에 대한 고찰과 통찰은 궁극적으로 인간에 대한 사랑과 존경으로 발전했다. 『노인과 바다』속에서 산티아고는 인간의 본질을 사랑할 뿐만 아니라 주변 사람들에 대한 큰 사랑까지도 보여 주었다. 독자들이 첫 번째로 접하는 그의 사랑은 마놀린이라는 소년을 향한 것이다. "노인은 태양에 검게 탄 살갗 아래 두 눈으로 소년을 바라보았다. 노인은 소년을 많이 아꼈다."(본문 p.12) 산티아고는 소년에게 고기 잡는 법을 가르쳤고, 그와 함께 배에 타기를 원했고, 홀로 바다에 있던 시간 내내 소년이 자신의 곁에 함께 있기를 간절히 바랐다. 타인을 아끼고, 그리워하고, 보호해 주려는 산티아고의 마음은 인간으로서 지니고 있는 '사랑'이란 본성을 보여 준다.

　야구선수 '위대한 디마지오'에 대한 그의 끝없는 사랑과 존경은 또 어떠한가? 산티아고는 그를 향해 무한한 신뢰와 동경을 보냈다. "그렇지, 하지만 디마지오는 특별하다."(본문 p.23) 산티아고는 바다에서의 괴로운 항해와 끔찍했던 바닷고기들과의 사투 중에도 디마지오가 세상에 보여 줬던 투지와 불굴의 의지를 떠올리며 마음을 다잡곤 했다. "발뒤꿈치 뼈가 성치 않은데도 끝까지 시합을 해 냈던 위대한 '디마지오' 선수에게 부끄럽지 않도록 나도 나의 일에 열중해야 한다."(본문 p.73), "디마지오가 만약 내 상황에 처했다면 내가 지금 이러고 있는 것만큼 그도 오래 버텨 낼까? 노인이 생각했다. 물론 잘 버틸 테지. 그는 젊은 데다 강인한 남자가 아닌가."(본문 p.74)

산티아고는 영웅인 디마지오뿐만 아니라 다른 어부들을 비롯한 자신 주변의 사람들 또한 믿고 존경했다. "이제 그리 멀지 않았다. 나를 걱정하는 사람이 없었으면 좋겠는데. 물론 그 아이밖에 걱정하지 않겠지만. 그 애는 나를 믿고 있겠지. 그래도 늙은 어부들 중에는 나를 걱정하는 사람들이 있겠지. 좋은 이웃들이니. 노인은 생각했다."(본문 p.122)

더불어 산티아고는 인간을 포함한 자연의 모든 피조물에 대해 연민과 숭고함을 느꼈다. 거대한 바다는 노인에게 삶의 터전이고 수많은 생명과 신비를 품고 있는 또 하나의 우주였다. 그는 바다를 터전으로 삼아 해와 달로 시간을 재며, 물결로 바다의 깊이를 가늠하고, 나침반 대신 별빛과 바람으로 항로와 방향을 잡았다. 또한 태양은 산티아고에게 밝음과 새로운 나날을 주었다. 산티아고는 태양을 정면으로 바라보고 함께 할 수 있는 스스로에게 감사함과 뿌듯함을 느꼈다.

그렇게 산티아고의 사랑은 자연의 모든 피조물에게로 확대되었다. 바다의 모든 물고기들, 심지어 한때 자신과 적이었던 물고기마저도 어느새 그의 사랑하는 아우가 되었다. "좋은 녀석들이지. 함께 놀고, 농담을 하고, 서로 사랑하는 게지. 날치와 마찬가지로 우리에겐 형제 같은 녀석들이지."(본문 p.52), "노인은 문득 물속의 물고기에게도 이것을 먹일 수 있었으면 좋겠다고 생각했다. 어쨌든 형제이니 말이다."(본문 p.64)

인내와 투혼으로 지켜 낸 삶에 대한 의지

『노인과 바다』의 줄거리는 사뭇 단순하다. 대어를 잡겠다며 '무

》

모한 도전'을 나간 노인이 힘겹게 물고기를 잡지만 고기는 결국 상어들에게 모두 뜯겨 버리고 머리와 꼬리만 남긴 채 겨우 살아 돌아오는 이야기이다. 그런데 왜 이 작품이 현대문학의 대표작으로 꼽히는 걸까?

앞서 말한 인간과 자연과 삶에 대한 노인의 사랑은 그런 것들을 '견디어 내는' 극기주의로 발전했다. 이 작품을 읽다 보면 우리는 어느새 산티아고처럼 '한 번만, 한 번만 더 시도해 보자.'며 행동하는 스스로를 발견하게 된다. 산티아고는 아득해지는 정신 속에서도 우직하게 노를 저었고, 물고기를 끌었고, 상어 떼와 맞서 싸웠다. 바다와 맞서 싸우는 노인을 지켜보는 시간 동안 우리는 자신도 모르게 '산티아고의 불굴의 의지'에 세뇌당하고 만다.

삶은 절대 녹록치 않다. 무언가를 끊임없이 기다려야 하는 일이 수만 번쯤 일어나고, 도저히 상대가 되지 않을 것 같은 것들과 맞서 싸워야 하는 경우가 수천 번쯤 생기고, 죽을 만큼 노력해 얻은 나의 소중한 무언가가 일순간에 아무런 가치가 없는 것으로 둔갑해 버리는 일도 수백 번쯤은 생긴다. 늙고 운 없는 산티아고가 고기를 잡는 것과 그 고기를 지키는 것은 우리가 삶을 살아 내고 소중한 것들을 지켜 내는 일처럼 어려운 일일 것이다. 하지만 헤밍웨이는 산티아고를 통해 우리에게 이렇게 말했다. "인간은 패배하지 않는다. 인간은 파괴될 수는 있어도 패배하지는 않아."(본문 p.109) 우리는 위대한 자연 앞에서 패배할 수밖에 없는 존재일지 모른다. 하지만 헤밍웨이는 우리 인간도 자연의 일부이기에 패배하지 않는다고 말해 주었다.

　작품의 시작 부분에서 소년이 말했다. 자신의 아버지는 믿음이 부족하다고. 노인은 대답했다. 우리는 믿음이 있지 않느냐고. 이 작품은 삶에 대한 믿음, 자연에 대한 믿음, 인간에 대한 믿음 그리고 마지막으로 우리 스스로에 대한 믿음을 이야기했다. 우리는 패배하지 않는다. 승리하고자 이 삶을 살고 있는 것이 아니기 때문이다. 삶을 지켜 냈고 그 과정을 지켜 냈다면 그것은 패배가 아닌 것이다. 산티아고는 그렇게 우리에게 삶에 대한 불굴의 의지를 보여 주었다.

『노인과 바다』의 서사기법과 지역성

『노인과 바다』는 주제와 시대적 가치 외에도 다른 다양한 문학적 가치를 지니고 있는 작품이다. 특히나 특유의 서사기법은 작품의 주제를 전달함에 있어 완벽했다는 평가를 받았다. 헤밍웨이는 모더니즘 특유의 간단명료하며 건조한 문체를 사용하고 있는데, 이것은 세 가지 문체로 요약될 수 있다. 강건체(*힘 있고 활기찬 문체.)와 간결체(*많은 내용을 압축하고 생략하여 함축적으로 표현하는 문체.), 그리고 건조체(*화려한 수식 없이 사실만을 담담하게 표현하는 문체.)가 그것이다. 노벨 문학상 수상 당시 세상은 『노인과 바다』 속 헤밍웨이의 문체를 '강력하며 간결한, 어떠한 경지에 오른 문체를 가진 서술의 예술이다.'라고 극찬했다.

모든 작가들은 자신만의 문체를 가지고 있으며 훌륭한 작가들은 으레 독특하면서도 가치 있는 문체를 구사한다. 하지만 그 어느 작가도 헤밍웨이처럼 새롭고 혁신적이면서도 커다란 가치가 있는 문체를 제시한 작가는 없었다. 이러한 헤밍웨이의 서술법은 동시대는 물론 후대에까지 지대한 영향을 끼쳤다. 문장의 압축과 표현의 정확성으로 요약될 수 있는 헤밍웨이의 문체는 그 어떠한 문체보다 간결하고 단호하다. 이러한 헤밍웨이의 문체는 노인 산티아고의 단순하면서도 강인한 삶과 정신세계를 나타내는 데 결정적인 역할을 했다.

흔히 헤밍웨이의 문체를 '빙산 문체'라는 용어로 설명한다. '빙산 문체'는 단순화법, 생략화법 등을 사용해 최대한 억제하고 굳이 말하지 않으면서 독자들이 실제로 존재한다는 것을 간파할 수 있도록 수련된 문체이다. 8분의 1은 물 위에 드러나 있고 8분의 7은 물속에 감춰져 있는 빙산처럼, 일부만을 표현하고 많은 부분을 표현하지 않음으로 하여 말하지 않는 것들, 표현하지 않는 것들에 대한 심연 속 깊이감을 만들어 내는 것이다. 서술을 억제함으로써 의미의 전달이 더욱 확실하고 빨라지는 헤밍웨이의 이 문체는 억제와 침묵을 통해 심도 있는, 그리고 다면적인 해석을 가능케 했다. 더불어 짧은 문장과 그 문장들의 촘촘한 연결은 이야기의 진행을 빠르고 생동감 있게 만들었다. 그리하

>>>

여 자칫 지루해 질 수 있는 이 항해와 인내에 대한 이야기는 큰 파도를 넘나드는 것처럼 역동적으로 느껴질 수 있었다.

손에 잡힐 듯 생생한 지역성 또한 『노인과 바다』가 가지고 있는 문학적 가치 중 하나이다. 헤밍웨이는 이 작품의 배경이 되는 쿠바의 수도인 아바나에서 오랫동안 살았다. 바다낚시는 헤밍웨이가 그곳에 머무는 동안 가장 많은 시간을 할애했던 취미이기도 했다. 이 뜨겁고 바다냄새가 진하게 풍기며 수많은 어부들의 삶의 터전인 도시는 『노인과 바다』에 고스란히 펼쳐져 있다. 끝없이 이어진 해안선이라거나 그 해안선을 따라 늘어선 고기잡이배들, 노인의 판잣집 그리고 산호석길에 대한 묘사는 바로 눈앞의 것처럼 생생하다. 또 직접 체험한 것을 통해 쓸 수 있는 사실들, 예를 들어 어부들이 마시는 상어간유에 관한 이야기나 아바나 항구 근처 사람들의 모습은 작품의 배경인 쿠바의 바닷가 도시를 손에 잡힐 듯 실감나게 느껴지도록 했다.

본문을 읽다 보면 독자들은 '케 바.'와 같은 스페인 어를 자주 경험하게 된다. 특정 언어만이 전달해 줄 수 있는 느낌을 살리기

《

위해 스페인 어를 그대로 사용한 것이다. 이런 장치들은 노인이 고기잡이를 하고 있는 바다가 쿠바의 멕시코 만류이며, 쿠바에 서는 스페인 어를 사용한다는 사실을 작품을 읽는 내내 상기시 켜 준다. 덕분에 독자들은 소설의 배경이 되는 쿠바의 바닷가에 머물면서 주인공과 작품의 여정을 함께 할 수 있게 되었다.

우리말로 번역할 때 이러한 헤밍웨이의 문체와 그가 표현했던 지역성을 살리기 위해 최선을 다했다. 인간과 자연 그리고 인간 의 삶에 대한 헤밍웨이의 넓고도 깊은 사랑이 그가 전하고자 했 던 바대로 독자들의 가슴에 오롯이 전해지기를 바란다.

－옮긴이 민예령

《어니스트 헤밍웨이 연보》

1899년 7월 21일 미국 일리노이 주의 오크파크에서 의사인 아버지와 음악 교사인 어머니의 여섯 자녀 중 둘째로 태어남.

1913년 오크파크 고등학교 입학. 재학 시절 문학적 재능을 보임.

1917년 고등학교 졸업. 대학 입학을 포기하고 〈캔자스시티 스타〉 신문사의 수습 기자로 취직. 특유의 강건체 문체를 익히기 시작.

1918년 신문기자를 그만두고 제1차 세계대전에 참전하려 했으나 입대가 거부됨. 앰뷸런스 운전사로 지원해 이탈리아 전선에 투입됨. 두 다리에 중상을 입어 밀라노 육군병원에서 치료를 받음. 이탈리아 정부로부터 무공훈장을 받음. 밀라노 육군병원에서 치료를 받던 중 여섯 살 연상인 미국 간호장교 애그니스 본 쿠로스키와 사랑에 빠짐.

1919년 제1차 세계대전 휴전 후 미국에 돌아옴. 애그니스 본 쿠로스키에게 청혼했으나 거절당함.

1920년 어머니와의 불화로 집을 나감. 캐나다 토론토로 이주해 〈토론토 스타〉지의 기자로 일함. 시카고로 돌아와 편집인으로 잠시 일함.

1921년 9월 3일 해들리 리처드슨과 결혼. 기자 겸 해외특파원으로 파리에 감. 여러 작가들과 교류하며 문학 수업을 받음.

1922년 〈토론토 스타〉 특파원 자격으로 그리스·터키 전쟁을 취재하러 터키 이즈미르를 여행함. 파리에서 에즈라 파운드와 거트

루드 스타인에게 소설 작법을 배움.

1923년 10월 첫아들 존 해들리 출생. 『세 편의 단편과 열 편의 시』 파리에서 출간.

1924년 단편 소품집 『우리 시대에』 파리에서 출간. 스페인 팜플로나를 두 번째로 여행함.

1925년 아내와 친구와 함께 스페인 팜플로나를 세 번째로 여행함.

1926년 파리에서 만나 교류하게 된 F. 스콧 피츠제럴드의 소개로 미국의 유명 출판사인 찰스 스크리브너와 편집자 맥스웰 퍼킨스를 알게 됨. 첫 장편소설 『봄의 급류』, 『태양은 다시 떠오른다』를 찰스 스크리브너 출판사에서 출간. 그 후 모든 작품은 이 출판사에서 출간됨. 아내 해들리와 두 번째 아내가 될 폴린 파이퍼와 함께 스페인 팜플로나를 여행.

1927년 해들리와 이혼하고 한 달 뒤 파리 〈보그〉지에서 근무하던 부유한 패션 작가 폴린 파이퍼와 재혼. 단편집 『여자 없는 남자』 출간.

1928년 파리를 떠나 미국 플로리다 주 키웨스트로 이주. 6월에 둘째 아들 패트릭 출생. 12월 아버지가 권총으로 자살.

1929년 『무기여 잘 있어라』를 출간. 상업적으로 성공한 첫 작품으로 출간 4개월 만에 8만 부가 판매됨.

1931년 셋째 아들 그레고리 핸콕 출생.

1932년 투우에 관한 논픽션 『오후의 죽음』 출간.

1933년 단편집 『승자에게는 아무것도 주지 마라』 출간. 아프리카 케냐로 사파리 사냥을 감.

1935년 아프리카 사파리를 다룬 논픽션 『아프리카의 푸른 언덕』 출간.

1937년 북아메리카신문연맹의 통신 특파원 자격으로 스페인 내전을 취재. 『유산자와 무산자』 출간.

1938년 영화 대본인 『스페인의 땅』 출간. 유일한 희곡 작품인 『제5열 및 최초의 49단편』 출간.

1939년 폴린 파이퍼와 별거하고 쿠바 아바나 교외로 이주.

1940년 작가이자 신문기자인 마서 겔혼과 세 번째로 결혼. 희곡 작품 『제5열 및 최초의 49단편』 단행본으로 출간. 『누구를 위하여 종은 울리나』 출간.

1942년 제2차 세계대전 중 해군에 자원해 자신의 보트로 독일 잠수함을 수색하지만 한 척도 발견하지 못함. 전쟁 이야기를 모은 『싸우는 사람들』을 편집하고 서문을 씀.

1944년 〈콜리어〉지의 전쟁 특파원으로 연합군의 노르망디 상륙 작전과 독일 진격 등을 취재함. 런던에서 신문기자이자 특파원인 메리 웰시를 만나 사귀기 시작.

1945년 마사 겔혼에게 이혼당함.

1946년 메리 웰시와 네 번째로 결혼한 뒤 쿠바와 미국 아이다호 주 케첨에서 살기 시작.

1947년 제2차 세계대전 중 독일 잠수함 수색에 공헌한 점을 인정받아 훈장을 받음.

1950년 『강을 건너 숲속으로』 출간.

1951년 어머니 사망.

1952년 『노인과 바다』를 〈라이브〉지에 발표한 후 단행본으로 출간.

1953년 『노인과 바다』로 퓰리처상 수상. 메리 웰시와 함께 동아프리카로 두 번째 사파리 여행을 떠남.

1954년 아프리카 여행 중 비행기 사고와 들불로 중상을 입음. 『노인과 바다』로 노벨 문학상 수상.

1959년 스페인을 방문해 투우 관람. 건강이 계속 악화됨.

1961년 쿠바를 떠남. 우울증, 알코올중독증, 기타 질병에 시달리다 7월 2일 케첨의 자택에서 엽총으로 자살. 아이다호 주 선밸리에 묻힘.

어니스트 헤밍웨이 1899년 7월 21일 미국 일리노이 주의 오크파크에서 의사인 아버지와 음악 교사인 어머니 사이의 여섯 자녀 중 둘째로 태어났다. 고등학교를 졸업하고 〈캔자스시티 스타〉의 수습기자로 일하다가 제1차 세계대전에 앰뷸런스 운전병으로 투입되었다. 휴전 후 〈토론토 스타〉에서 기자로 일하던 중 1921년 특파원 자격으로 파리로 건너갔다. 파리에서 여러 작가들과 교류하며 문학 수업을 받았다. 그후 세계 각지를 여행하고 여러 전쟁을 취재하며 『우리 시대에』, 『봄의 급류』, 『태양은 다시 떠오른다』, 『무기여 잘 있어라』, 『누구를 위하여 종은 울리나』, 『노인과 바다』 등을 출간했다. 『노인과 바다』로 퓰리처상과 노벨 문학상을 수상했다.

민예령 1984년 대전에서 태어나 중학교 때 캐나다로 건너갔으며, 브리티시 컬럼비아대학교 영문학과를 졸업했다. 한국문학번역원의 번역가 과정을 거치며 문학 번역을 시작했고, 마해송문학상 수상작 『날마다 뽀끄땡스』를 영어로, 『명탐정 셜록 홈스와 얼룩무늬 끈』, 『명탐정 셜록 홈스와 붉은머리협회』, 『나는 자유다』, 『보물섬』 등을 한국어로 옮겼다.